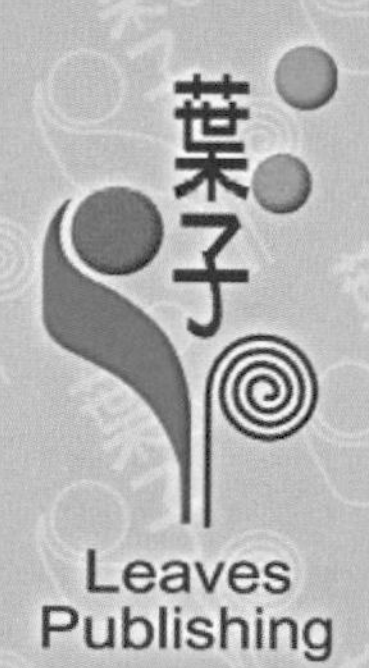

根

以讀者爲其根本

莖

用生活來做支撐

葉

引發思考或功用

果

獲取效益或趣味

人生的七道彩虹

周鈞 著

人生的七道彩虹

作　　者：周鈞
出 版 者：葉子出版股份有限公司
企劃主編：鄭淑娟
文字編輯：鍾宜君
特約編輯：唐坤慧
美術設計：小題大作
印　　務：許鈞棋
登 記 證：局版北市業字第677號
地　　址：台北市新生南路三段88號7樓之3
電　　話：（02）2366-0309　傳真：（02）2366-0313
讀者服務信箱：service@ycrc.com.tw
網 址：http://www.ycrc.com.tw
郵撥帳號：19735365　戶名：葉忠賢
印　　刷：上海印刷廠股份有限公司
法律顧問：煦日南風律師事務所
初版一刷：2005年 8 月　新台幣：250元
ISBN：986-7609-77-8

國家圖書館出版品預行編目資料

人生的七道彩虹 / 周鈞著. -- 初版. -- 臺北市：葉子，2005[民94]
面； 公分. --（忘憂草）

ISBN 986-7609-77-8（平裝）

855　　9412825

總 經 銷：揚智文化事業股份有限公司
地　　址：台北市新生南路三段88號5樓之6
電　　話：(02)2366-0309
傳　　真：(02)2366-0310

創造美麗人生的七道彩虹

記得小時候，因為家住在新竹十八尖山的山坡下，所以很容易看到雨過天晴後天空出現的一道彩虹。七彩鮮豔的顏色，映襯在翠綠的山巒下，形成一幅天然的彩畫，雖然這也不是什麼絕世美景，可是在我幼小的童年心靈中，卻是令我印象最清晰的景致。這麼多年來，雖然也曾到過許多國家，見過歐洲、美國各地的自然風景，但奇怪的是，幾乎不曾在外地遊覽時，見到過彩虹，我常在想到底是什麼原因呢？後來才知道，其實見到彩虹並不難，或許也曾遇到過，只是年長之後的心境已經不同了。童年時是帶著一種期待與嚮往的心情看事物，所以很多時候看到的東西常有一種朦朧美感。可是這些年來跟著旅行團出遊，走馬看花的旅遊方式，除了緊湊與匆忙的行程之外，往往事後對當時的景象早已忘得一乾二淨了。

我想這是現代人普遍的現象之一，在商業化的包裝之下，很多事情已經失去了原本的面貌，不管是健康、飲食、工作、思想、娛樂、學習、信仰，往往容易太過偏激，不然就是盲目地追求一種自己不了解或不需要的生活，缺乏一種均衡的生活方式。造成這種原因，有兩個因素：一個是資訊太豐富，另一個是太自由。比如說，我們每天接收很多電視廣告、電子郵件、報紙、雜誌、網路等等資訊，這些媒體所提供的訊息，往往不一定是我們需要的，或是對我們有幫助的，然而我們不斷地接受這些資訊的刺激，我們就容易盲目地追求一些我們不需要或是不重要的東西，但是等到人生有一天沒有能力再去追求或選擇的時候，人生的無奈、孤獨、空虛感就會出現，這是現代人最迷惑的地方。

此外，現代的年輕人，生活也常常很苦悶，一方面承受了激烈的競爭壓力，然而另一方面，面對社會的紛亂、國家政治立場的對立、動盪不安，也往往無所適從。當學生最痛苦的一件事，就是被迫去讀一些所謂專家或學者的教科書，然而在這些教科書中，往往嗅不到一點人文的氣息。這些教科書，只會告訴你這些公式如何計算、如何驗證，再不然就是講一些艱深難懂的理論；很難看到書本會告訴你一個定律或是一個程式，最初是如何被證實的，發現這些理論或證明公式的科學家，是在什麼樣的情境下產生的想法，當時的時空背景與人文社會環境是怎樣的。所以很多時候，教科書與考試幾乎成了等號，好像學生不必考試的話，就不需要教科書了。

這幾年，我也常在大專院校兼任講師，通常我不會要求學生一定要買教科書，也從不叫學生一定要讀教科書上的東西，然後考試。我寧可講一些故事，或是多留一點時間給學生，讓他們自由上網。在我看來，網路就是一本不錯的教科書，每一位同學也都是一本教科書，工作與生活都是教科書。所以通常在開學時，我會讓同學們分組，要求他們交團體報告。因為一個大學生儘管考試考得再棒，對一堆理論記憶的東西很拿手，可是如果不懂得與人相處、合作、分享與溝通，對人對事沒有一套自己的分析理論與想法的話，在我看來，他是不及格的。

我想舉兩個例子，分別代表不同的想法與不同的生活類型。我自己的家是住在公寓大廈裡面，樓下的一家住戶是三代同堂，其中有一位老爺爺，我常常看到他獨自一人蹲在樓梯口抽菸。雖然對他不熟，但我覺得他的表情告訴我：第一他不快樂，第二他日子過得似乎很無奈。我常想，這種人不僅自己痛苦，而且常造成別人的困擾。

另一個例子是，我從小住在新竹，父親是高中國文老師，所以我是住在學校老師的宿舍長大的。在我家的斜對面，住的是一位退休的英文老師，在我的印象中，他好像從來不曾出過遠門，每次回家，也一定會遇到他。可是我遇到他的感覺很不一樣，他很喜歡彈吉他，自彈自唱，也很喜歡吹口琴，對園藝也很有興趣，常常主動修剪社區的花草樹木。在我的印象中，他是快樂的，人生是豐富的。我希望將來自己可以像他一樣。這種人不僅自己快樂，而且讓別人也感受到他的快樂。

同樣是生活，沒有人會希望成為第一種人。只是，當我們面對生活的壓力、工作的繁忙、事業的不如意時，往往在不知不覺中變成了第一種人，這是非常可惜的事情。我覺得生活中的每一件事物、每一個人都有其特殊的意義與價值，可是一旦用狹隘的眼光來論長論短，那麼有些特殊的價值就會失去。比如說，每一個小孩對他的父母而言，都是心肝寶貝，可是如果有一天這個小孩對父母說，將來要做小丑，大部分的中國父母一定會搖搖頭，大嘆沒有志氣！但對於美國人的父母來說，他們就會說：「很好啊！希望你能把歡樂帶給別人。」所以，中國人在成長的過程中，常常受制於傳統觀念，或承受很多父母的壓力，最後失去了自我，或是喪失了自主、自由選擇的能力。可是不知道您是否曾經思考過？當我們匆匆走過一生，或許我們曾經快樂，曾經悲傷，曾經建立過一番事業，然而人生最後老之將至，我們有一天面對自己的時候，會對自己的一生做何種評價呢？我們滿意自己成長過程中所做的各種選擇嗎？還是充滿了無奈與抱怨，認為這一切都不是自己想要的呢？

這些年來，我本身的專業是資訊科技，也從事許多教育相關的工作，所以對事情比較喜歡找關聯，用一種邏輯觀念去看事情的合理性，所以整本書運用了一點關聯性與邏輯的概念來做串聯，然後希望讀者能在一連串的過程中，找到自己的目標，實踐人生的價值。我在上一本書《人生的八顆鑽石》中談的是人生的八個重要的面向，而在這本書，談的是實踐人生價值的方法。

個人認為，人生必須先有理想與夢想，然後拿出行動努力學習，才會成長，然而在學習的過程中，我們也要不斷地思考，到底什麼才是我們真正的需要？培養出自己的人生哲學，最後如果能再將人生獨特的情感注入自己的生命中，如此才能創造出屬於自己的人生智慧。當然人生難免受命運造化的捉弄，這時也要拿出勇氣，培養自己為人處世圓融的態度，培養氣度，這樣才能創造出人生真正的價值。

人生就像一首詩，充滿韻律與感情，而我們每一個人都是這首詩的創作者。雖然每一首詩都不盡然完美，然而每一個人也不都因為這首詩而意義非凡嗎？

周 鈞 / 2005.6.6

Contents

目錄 contents

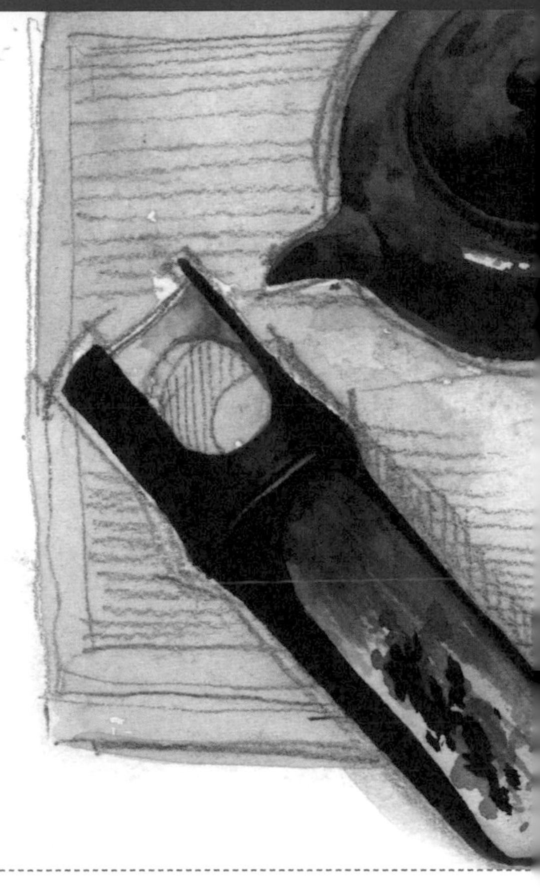

contents

contents

Contents

contents

第四道彩虹

情感

Contents

contents

第五道彩虹 智慧

第六道彩虹 氣度

第七道彩虹 價值

contents
contents

Contents
contents

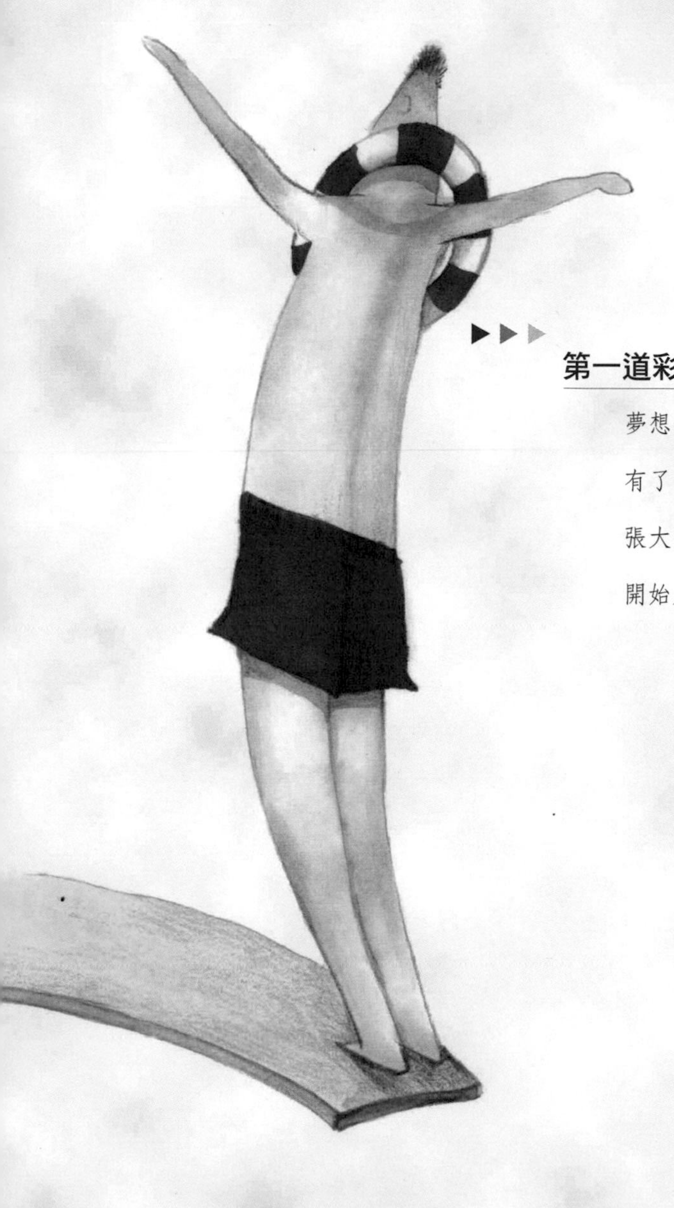

第一道彩虹——夢想

夢想是人生的起點，

有了夢想才會像初生的嬰兒一樣，

張大了眼，

開始人生的探索之旅。

兩齣悲劇

人生需要夢想，但夢想更需要創造

有一對兄弟，他們的家住在八十層樓。有一天兩人背著一大包的行李去爬山，回家後發現大樓停電了，哥哥說：「弟弟，我們一起爬樓梯上去吧。」於是兩人就一起走樓梯上樓。

到了二十樓的時候，哥哥告訴弟弟，說背包太重了，我們把它放在二十樓，爬上去等電梯修好了再乘電梯下樓來拿背包，弟弟也不加思考地就說好。於是兩人就把背包放在二十樓，繼續往上爬。

到了四十樓，弟弟開始抱怨，說為什麼一開始不在樓下等呢？也許一會兒電就會來了！於是就和哥哥吵起來了。他們一邊吵一邊爬，終於爬到了六十樓。哥哥又對弟弟說：「只剩二十層樓了，我們不要再吵了，默默地爬完吧！」

於是兩人就各走各的，好不容易終於到了家門口。哥哥得意地擺出了很帥的姿勢說：「弟弟開門。」弟弟卻說：「別鬧了！鑰匙不是放在背包裡嗎？」

這個故事與人生的許多狀況是不是很類似？很多人在二十歲以前都是活在家人的期望和老師的期許之下，背負著很多的壓力。生活就像背了一個包袱一樣，在二十歲之後，總算可以自主，離開了眾人的壓力，滿腔的熱血，等不及開始想要完成很多夢想；可是工作了二十年後，發覺工作不如意，夢想離自己愈來愈遠，一事無成，於是就開始抱怨老闆、抱怨公司、抱怨社會、抱怨國家政府，甚至認為自己的親人都沒有幫助自己，再不然就認為自己運氣不好，於是就這樣怨天尤人地又度過了二十年。

等到六十歲了，年老力衰，夢想早已化為幻影，於是只好告訴自己，六十歲了沒什麼好抱怨的，就默默地度過自己的餘生吧。然而到了八十歲面臨人生的終點，才想起自己好像有什麼事都還沒完成，或許某天早晨在半夢半醒之間，年輕時的夢想忽然從心頭閃過，可是一切都太遲了，最後抱憾離開人間。

你有過夢想嗎？俗語說：「人生有夢，逐夢踏實！」相信每個人在成長的過程中，多多少少都會有一些夢想，或許是不可能發生的。也有一些夢想，只要肯努力，懂得把握機會，夢想就會成真。然而如果夢想的目標定得太高，那麼就會成為一個遙不可及的空想，時間久了，夢想就會幻滅，成為殘缺片段的幻想。就像一位英國主教在他的墓誌銘上所寫的一樣：「我年少時，意氣風發，躊躇滿志，當時曾夢想要改變世界；但當我年事漸長，閱歷增多，我發覺自己無力改變世界，於是我縮小了範圍，決定先改變我的國家。但這個目標還是太大了。接著，我步入了中年，無

奈之餘，我將試圖改變的對象鎖定在最親密的家人身上。但天不從人願，他們個個還是維持原樣。當我垂垂老矣，我終於領悟了一些事：我先改變自己，用以身作則的方式影響家人。」

不知您是否也有相同的感覺呢？的確，夢想太高，往往會成為一種好高鶩遠的目標，對人生其實並沒有任何幫助；可是相反的，人生也絕對不可以沒有夢想，因為沒有夢想的人生是灰色的，沒有目標與方向，生活隨波逐流，那也是很悲哀的。英國著名的劇作家蕭伯納說：「人生有兩齣悲劇，一是萬念俱灰，另一是躊躇滿志。」大多數的人雖不至於沒有夢想，但卻往往夢想太多，再不然就是心中的夢想，只是因應別人的期盼，自己並未認真思考，自己到底想要成就什麼樣的人生。就像前面這對兄弟爬樓梯的故事，人生是那麼的簡單，可是往往自己卻不認識我們自己，更不知道人生到底要做什麼？要完成什麼才不虛此生？

人生如此，真的是可憐又可悲。可憐的是，人生臨終不能無怨無悔，滿足與安詳的離開，卻留下滿腔的遺憾與無奈；可悲的是，人生如此可貴與難求，然而有人竟然如此白白走一遭，什麼也不曾留下。

或許大多數的人也都是如此，然而我們更應該思考，幾年以後，我們難道也要如此嗎？還是在我們有限的人生當中，留下些什麼值得讓人所稱讚歌頌的事蹟？古今中外，能名留青史的人雖不多，然而能在歷史上留下一點足跡的人，不正因為他們年輕時即立下了遠大的志向，懷抱著偉大的夢想，即使遭遇無數的挫折與失敗，卻仍然堅持到最後。也由於他們的犧牲與奉獻，勇敢與積極面對人生挑戰的心態，讓他們用有限的人生，成就了偉大的事蹟，造就了我們人生的富足與安樂。貝多芬、莫札特、孔子、蘇格拉底、牛頓、愛因斯坦、釋迦牟尼等，他們的偉大，讓我們的世界可以多一點美麗的音樂，多一點智慧，多一點理性，多一點科學，少一點罪惡。

人生雖然是如此短暫渺小，並且夢想卻可以無限寬廣，有夢想的人生是彩色的。然而能不畏現實，努力堅持到底，積極實現夢想的人更是勇敢與偉大的！

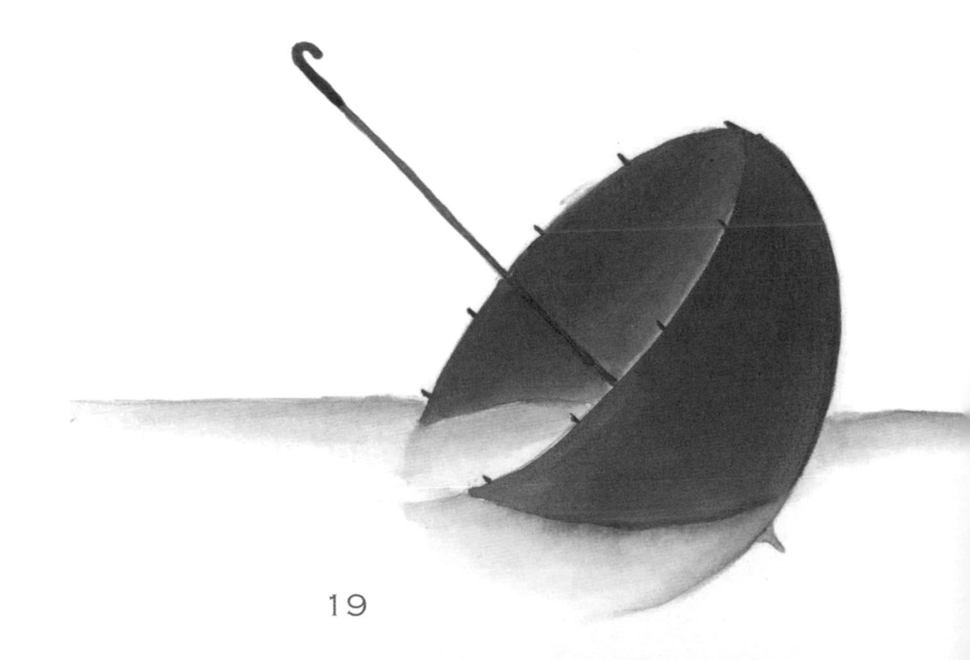

瓶中信

人生逐夢才能踏實，但逐夢需化夢想為行動

幾年前有部電影《瓶中信》(Message in a bottle)，故事是說《芝加哥論壇報》的一個專欄作家泰瑞莎，有一天在海邊慢跑時，無意發現了一個埋在沙中的玻璃瓶，瓶內裝著一封屬名G的信。泰瑞莎反覆看了又看，深深被信中G的熱情及真愛所打動了。然而這封她撿來的瓶中信，卻陰錯陽差地被刊登在報紙上，並得到熱烈的迴響。於是她被指派去尋找這個情感炙熱的主人，了解他傷痛的理由。她積極細心地搜尋一切蛛絲馬跡，終於讓她尋得了信的出處。她整理行囊，來到了北卡羅萊納州的小鎮，帶著尷尬複雜的心情，去尋找這位寫瓶中信的主角。整部電影讓人感覺在茫茫人海中，能夠找到惺惺相惜的感情伴侶是相當不容易的事；男女主角都有過一段揮之不去的感情傷痛，然而劇情巧妙的安排，讓毫不相干的兩個人，再度燃起了生命的火花。

這部電影，讓人想起在網路科技時代，這種故事情節或許天天不斷地在上演，只是瓶中信已經改為來路不明的E-mail了！有時候打開電子郵件信箱，總是充滿了許多來路不明的信件。雖然有很多是廣告、甚至垃圾信件，然而因為好奇，我們也都可能按下滑鼠，來到一個未知的網站，接觸到許多奇奇怪怪的事情，和遠在天邊的網友，天南地北地閒話家常。我常在想，以前沒有網路的時代，人與人之間的溝通方式是單純的，人與人之間的交集往往是區域性與相關聯的，除了電視廣播、報紙或雜誌可以刊登徵友、徵婚的啟示之外，沒有一種媒體可以有如此神通廣大的力量，能讓位在世界兩端毫不相干的人有了聯繫，產生交集；或許在非網路時代，透過瓶中信在海上飄流才是唯一的解決辦法吧！

但如果瓶中信飄得太久，會不會當對方收到時，可能是好幾十年後的事了呢？抑或是飄流到無人荒島，永遠不被發現？更有可能對方看不懂信中所寫的字，也就隨手丟棄了呢？所以電影《瓶中信》的故事情節在現實世界中，發生的機率是小之又小。

現在進入網路時代，世界的面貌已經不再是單純的點和線所構成

的平面圖形了！我們可以看到許多具有立體感與層次感的畫面，然而這些畫面卻又穿插著許多不連貫的抽象圖形，讓人瞠目結舌地摸不著頭腦！不過人也是很奇怪的動物，對於未知以及不可掌握的事物，往往總有一股強烈的探求欲望，希望能一窺究竟。然而網路世界有時就像一個無底洞，無邊無際，任何人都可在上面來個冒險之旅，或是來段異國戀情，接觸一個未知的虛幻世界。

網路世界完全是科技與人為所打造出來的世界，雖然與真實世界仍有許多距離，但這個距離卻不斷地在縮小，而它的世界卻不斷地在擴大，並來勢洶洶地想要取代真實世界。我想現代人的迷惑，或許是常常穿梭在現實與虛擬的世界中，看多了那虛而不實的人生，來來去去，用光的速度行走，彈指之間就經歷了許多事情。可是當關掉電腦，回到現實，卻發現真實的世界是那麼不完美，是那麼地緩慢，讓我們對真實人生失去了信心。

其實，人生如果沒有做過惡夢，就不會了解無法從夢中驚醒的恐懼，然而美夢不能成真，夢醒時一切美好卻成為幻影的失落感，一樣令人難過，然而這一切都不是我們所能掌握。雖然，現實中有時不是那麼盡人意，可是我們卻都慶幸，能從夢中驚醒，因為我們都還有機會去努力與創造。而人生的奇妙，也在於此！我們可以做夢，做一個美麗的夢、幸福的夢或一個異想天開的春秋大夢，可是絕不會希望永遠活在夢中；同樣地，我們也都不希望不能再做美夢，因為都做過那種不切實際的幻夢，才會更珍惜真實人生的可貴。

不過，科技的偉大就在於能化腐朽為神奇，將人為的想像變成真真實實的世界。現代或許沒有人會痛恨電的發明，或是不願坐火車、汽車去旅行。因為比起幾百年前的人，我們所能做的事真的太多了！然而，現代人卻也不見得過得比以前的人有樂趣，仍有不少人每天過著愁雲慘霧或醉生夢死的日子。其實人生的樂趣，就在於可以不斷地做夢，經歷許多不同的夢境，可以發揮自己的創意與想像，虛擬與現實參雜在一起。如果，有一天我們不再做夢，或是生了一種不能做夢的怪病，那也是很痛苦的。

網路，就像人生的夢境，我們絕不希望永遠做夢，然而人生若是不能做一、兩個美夢，也是很無趣的。不過夢醒時，絕對要換個好心情，因為做夢只是人生的小小點綴吧！否則惡夢初醒時的驚魂未定，或是夢境與現實的迷亂不清，都會亂了正常生活的秩序！

人生，應該把夢想化為理想，將理想付諸於行動。雖然「浮生若夢」，我們也不可能凡事皆順心，美夢皆成真，然而也因為有夢，不斷地逐夢，人生才能踏實。

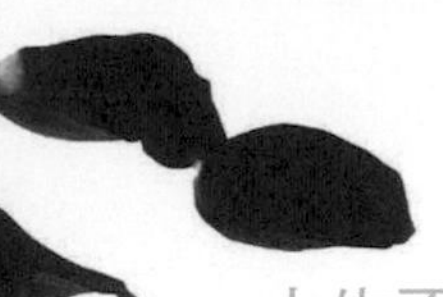

理想與現實

人生不能沒有理想，但理想不能離現實太遠

理想與現實，大部分的人都會覺得兩者之間的差距非常大，然而仔細想一想這句話就會發現，這句話是有問題的，因為理想與現實的距離是如何計算的？又有何標準呢？我想大部分的人，可能都會有不同的標準與答案吧！

對我而言，理想與現實就像天平的兩端，而人生旅程就好像是走在天平之上的一條道路。如果人生要走得平順，就得平衡天平兩端的重量，否則太過注重於現實生活，忽略了理想，人生就容易死氣沉沉，沒有朝氣，活像個機器人；相反地，如果滿腦子的理想與抱負，不能腳踏實地，也會一事無成。

理想與現實就像我們的左手與右手，我們都少不了它。當我們用右手接受了別人的贈與，也別忘了伸出左手，適當地施予。理想與現實也像我們的左腳與右腳，當我們踏出了右腳，準備邁步向前的時候，也別忘了提起我們的左腳，否則必然寸步難移。

理想與現實有時候更像人生的青年與老年。青年時代，人生充滿了活力，熱情洋溢、青春奔放，整個世界就像屬於自己的一樣；老年

的人生，充滿了成熟與智慧、回憶與感恩，世界是盡興揮灑的彩畫。然而青年與老年都是人生的過程，我們都必須經歷它。

理想與現實，也像戀愛中的男女。男人總是千方百計地想要得到女人的青睞，而女人卻總是多心猜疑地想要飛逃。談戀愛，沒有撲朔迷離的意亂情迷，沒有欲擒故縱的把戲，沒有願打願挨的愚蠢，沒有生死相許的癡心，這種戀愛未免就太過單調，勾不起凡人深鎖的心。

理想與現實，也像電腦的軟體與硬體，總覺得軟體不夠用，不然就是不會用。而硬體卻總是令人頭痛，不是當機，不然就告訴你記憶體不夠。

理想與現實，也像哲學家與科學家。科學家總是神采奕奕地，告訴你他的最新發明；然而哲學家卻總是眉頭深鎖，叫你小心，別弄傷了自己！

理想有時也像天上的星星，總讓人看得到，摘不到，可是即使遠

遠地望著它，看著它一閃一閃的發亮，心中也會燃起一點光亮，使人生充滿許多溫暖。否則月黑風高、烏雲密布的夜晚，往往是令人感覺孤獨與淒涼的。理想就像海邊的燈塔，在黑暗之中，指引了孤獨迷航的船隻，有正確的方向；理想也是人生的一首詩、一幅畫、一曲動人的樂章，讓生命中充滿了許多變化與色彩。

世人總喜歡做白日夢，又分不清楚夢想、理想與幻想的差別，老是把幻想當夢想，又把遙不可及的夢想當成理想。其實，夢想有時就像是天上的風箏，而理想卻是牽引風箏的那條線。人生能夠擁有夢想的風箏，握有理想的線，讓風箏在天際中翩翩飛舞才是幸福的。但如果夢想的風箏脫了線，那麼人生就有如行屍走肉一般的悲慘。

理想不是幻想，幻想就像水中的月亮，雖然美麗，可是如果貪心地想要摘它，恐怕最後會發現，一切只是水中月影、鏡中的花一樣，猶如一場夢幻罷了。理想也不是欲望，欲望有時就像是一種人生的毒藥，就像女人深情的回眸一笑，熱切的一個深吻，總讓人無法自拔。

夢想是建築師的金字塔，是畫家心中的蒙娜麗莎，是雕塑家的大衛雕像，是女人心中的湯姆漢克斯，是男人心中的瑪丹娜，是哲學家眼中的點點星光，是文學家心中的瓊樓玉宇。然而夢想終究是夢想，人總是要吃飯睡覺，走在路上，躺在床上，洗澡與刷牙，人生是現實的。但現實是殘酷的，有才華的女子往往長得不美麗，有錢的人往往不快樂，生老病死更不是我們所能掌握的。然而能夠無懼於現實的殘酷，仍努力追求著理想、擁抱著夢想的人，才是偉大與令人欽佩的。古今中外名垂青史的人，不都是一個理想與夢想的追求者嗎？現實對他們是多麼地嚴苛與殘忍，可是他們卻能從現實的門縫中鑽了出來，一頭栽進那門外廣大的世界，無怨無悔。翻開莫札特的音樂，哪一個音符、哪一篇樂章不是自己對生命熱烈的理想與期望。然而這些音符與樂章，又有哪一個不是在真真實實的世界中，嘔心瀝血才完成的。理想就像是白沙灣上閃閃發亮、晶瑩剔透的一顆小貝殼，而現實卻是我們手中隨處拾起的那一小撮細沙。

理想與現實，其實只是我們腳下的兩條船，每個人都得做出選擇，雖然很難腳踏兩條船，但誰說不能擁有兩條船呢？

天上的星星

人生不在乎長短，最重要的是要過得踏實

相信很多人一定都聽過一首老歌《一串心》，「天上星星數不清，個個都是我的夢，池裡浮萍數不清，片片都是我的夢……。」雖然不知作者是誰，但作者一定是一位喜歡思考、充滿想像力的人。長久以來，天上的星星就是天文學家、科學家們關注的焦點，也是宗教、文學的創作題材。任何有點想像力的人，抬頭望天，看見那壯麗蒼穹的星辰，有誰不會感嘆自身的渺小與無知呢？所以詩人杜牧在秋天的晚上看到了天上的星星，做了這首〈秋夕〉。「銀燭秋光冷畫屏，輕羅小扇撲流螢，天階夜色涼如水，坐看牽牛織女星。」成了膾炙人口、流傳千古的絕唱。音樂神童莫札特也曾經做了一首《小星星變奏曲》，成了所有學習鋼琴學生的經典名曲。古往今來，天上的星星激發的不只是文人墨客、藝術家、哲學家的情懷，更是所有人類一直想探求的未知世界。

古時候，人們除了燭火，沒有其他照明設備，一到夜晚，一家人便會走到庭外，或坐或躺、聊聊天、看看星星、玩玩「連連看」的遊戲，並談論著各種有關星星的神話，這是何等的閒情逸致。然而隨著時光流轉，現代人忙於工作與社交，恐怕看星星是一種不可奢求的閒人享受吧！就像這幾年，天文科學觀測發達了，透過媒體渲染，有不少人也擠去看「流星雨」、「彗星」。然而那種車多、人多，吵鬧與擁擠的場面，其實很難想像這樣看星星，到底能看到些什麼？最多不過是湊湊熱鬧罷了！

雖然現在難得有機會看星星了，不過中學時，因為迷上攝影，常常扛著相機，跑到山上拍夜景，所以可以獨自一人，觀看星星。我想，星星絕對要在安靜的地方欣賞，看著星星一閃一閃靜靜地高掛在天空中，才會慢慢地將自我放下，將心胸放寬，並對自然產生一種敬畏。就像詩人李白在〈夜宿山寺〉所想的一樣，「危樓高百尺，手可摘星辰。不敢高聲語，恐驚天上人。」在冥冥之中，似乎有一股不可預知的力量支配著這一切。

人類畢竟擁有無盡的求知欲望，所以科學家與天文學家們看星星，和哲學家與文學家是完全不同的心情吧！他們到底在星星裡看到了什麼？星星外到底又有什麼呢？科學家哈伯（Edwin Hubble）看出了一些端倪，一九二〇年代，哈伯發現從遙遠星系傳來的星光顯現出紅位移，愈遠則愈大。這唯一合理的解釋是「都卜勒位移效應」，也就是說位於遠方的星系有一個遠離的速度，一直離我們遠去，而且比離我們近的星系的速度要大。

因此哈伯所得到的結論是：宇宙不斷在膨脹，所有的遠方星系都漸離漸遠。也由於這個驚人的發現，興起了「大爆炸」的宇宙創始理論。然而這個理論，卻與愛因斯坦在一九一五年推導廣義相對論時所導出的宇宙理論背道而馳。依照愛因斯坦公式的推算，宇宙應當是絕對不變的。這也使得愛因斯坦非常困惑不解，晚年一直企圖解決這其中的矛盾與衝突。然而愛因斯坦終究還是帶著遺憾離開人間，留下了這道未解的習題。

將近一個世紀過去了，現今二十一世紀即使在量子力學上有更多驚人的發現，可是科學家所看到的宇宙仍是支離破碎的。現今仍然沒有一種實驗或任何充足的證據，可以完全證明宇宙曾經有個開始，是如何產生的？是一直膨脹下去？還是膨脹到最後開始收縮？所以科學

也就無法否定基督教「上帝創造」的理論。雖然探究真理、發掘真相是科學家的任務，然而科學永遠無法解釋所有的人生問題與現象。今天的科技發達，已經可以計算出百萬分之一秒的差異。我們利用肉眼看不見的原子、電子，創造了現代人龐大的科技文明世界。然而在這之外，科學仍然無法計算出生命的價值，人類的正義道德到底值多少？人類男女之間愛情的矛盾、困惑，人世間的不平等與苦難，戰爭與政治迫害的種種問題，而這些也都是科學未來仍然無法解決的地方。

科學可以窮究許多物理、化學、自然界中的種種現象，導出精準的理論，預測未來，讓人類更趨於理性地了解，我們所存在的世界到底是怎麼一回事，可是科學終究無法涵蓋人文的部分。宇宙至今已經有一百億年的歷史了，現在我們看到的某些星星，其實是一百億年以前的事。或許你會問，科學家何苦窮畢生精力，去研究一百億年以前那麼遠的東西呢？或許這就像遠古以前的人們一樣，一切都是源自於天上的星星吧！人們內心深處總會渴望，總想知道「我從哪裡來？要往哪裡去？」當我們面對蒼穹與浩瀚的遼闊星空，或者企圖理解大爆炸理論時，我們自然就會變成一位哲學家兼科學家了。

其實天上的星星並非數不盡，只是數盡了星星，對人生又有何意義呢？人生不在乎長短，最重要的是要過得踏實，擁抱夢想，迎向任何困難與挑戰，人生才會過得精采吧！

人生在釣什麼魚?

釣什麼魚，用什麼餌

談起釣魚，讓我想起榮獲諾貝爾文學獎的《老人與海》這部文學作品，文字風格雖然簡單，卻是千錘百鍊的精粹。作者海明威以最精練的語言、最細膩的筆觸，生動地刻劃老漁夫和一條大魚博鬥幾天幾夜的故事。從這本書裡，彷彿讓人看到了海上飛翔的蒼鷹、巨大的海龜、跳躍的飛魚，甚至嗅到了海風的鹹味。更發人深省的是，老人雖然勢單力薄，可是那種不被命運擊敗的毅力，以及享受孤獨而不孤寂的精神，正是老人對人生永不放棄的最佳寫照，正如他所說的：「人不是為失敗而生的，一個人可以被毀滅，但不能被打敗。」我想老人的身影與精神，對現代人動不動就說失敗，動不動就放棄自己，應該有很好的啟示。

記得有一次和弟弟去釣魚，問他為什麼老是千里迢迢地要跑到溪邊或風大浪高的海邊釣魚，家裡附近不就有許多釣場嗎？那兒魚不是又多又好釣？弟弟卻笑著說：「我釣魚並不是為了魚，而是為了一項樂趣。釣魚釣了那麼多年，幾乎很少到魚池裡去釣，因為那裡的魚被關在小小的魚池裡，跑都跑不掉，偶爾去打發一點時間還可以，但又怎能享受到真正的釣魚樂趣呢？釣魚真正的樂趣，在於征服自己，克服自己的弱點，並挑戰大自然與生命中許多未知的變數。因為釣魚要先『找』有魚的地方、要『分析』水流、要『研究』魚性，並以合適的『魚餌』，用最適宜的『釣法』，在最恰當的『時機』下手，加上常常會『槓龜』，所以也需要有『努力不懈』的精神，並能夠忍受長期等待而不焦躁，保持從容敏銳的態度，受到挫折時卻仍充滿希望，最後即使空手而歸也悠然自得、樂在其中，這樣才有機會釣到真正的『大魚』，以及真正享受到釣魚的樂趣。」

弟弟自豪地說：「您不要小看釣魚這件事，釣魚是有很多學問的，懂釣魚的人都知道，釣魚得找對時間、找對地點，釣什麼魚就得用什麼餌，最後還要花點耐心與時間，引誘魚兒上鉤，等待魚標晃動的那一剎那間，瞬間將魚鉤起。因此沒有耐心與毅力的人，是釣不到任何魚的。因為魚兒也不是省油的燈，你必須與它周旋，下鉤前也必須先撒點魚餌，讓它食髓知味，意猶未盡，失去戒心。等魚餌吸引大量的魚群過來，等到飢餓的魚群因撒下的魚餌不夠分食，它們就會

彼此爭鬥，這時候丟下帶鉤的魚餌，這些好勇鬥狠、兇猛惡霸的魚兒就會上鉤了。」

其實，愛好釣魚的人都知道，溪裡的魚兒是最不好釣的，因為它們身處大自然的險境之中，隨時都要逃避天敵的補食，有時也必須面對弱肉強食的爭鬥才能僥倖生存。所以溪裡面的魚兒是非常狡猾的，一有風吹草動，就逃之夭夭。相對於池塘裡的魚，由於沒有環境上的天敵，因此養尊處優，習慣了人們的餵食，所以撒點魚餌引誘它們，不需費時多久，就可釣起。只是這些魚是很難吃的，不但肉質粗糙，而且充滿泥土沙味，不像溪間釣起的魚，肉質鮮嫩，汁多味美。所以嗜食魚的饕客總喜歡自己往深山裡跑，希望釣幾條野溪中的大魚。

想想看，人生不就是在釣魚嗎？有時候教別人釣魚，有時候幫別人釣魚，有些時候自己也在釣魚。但不管怎樣，釣魚最重要的不是擁有一根好的釣竿，或是找個魚群最多的地方，最重要的是要懂得釣魚的方法，用對魚餌，知道自己要釣什麼樣的魚，最後充滿信心與耐心地等待。學習獨處，不急著想要有成果，或許最後什麼都沒有，然而人生不就是如此嗎？如果重視的只是結果，總想找捷徑，不重視過程，不思創意，或是一開始就想知道遊戲的答案，那「人生」這場遊戲還有什麼樂趣呢？

第二道彩虹——學習

人之所以有偉大的成就，

乃因有一個偉大的夢想，

然而夢想可以實現，

卻是因為我們能夠不斷地學習。

現代超人

人生不能像電腦一樣呆板，要懂得思考與創造

●●●●●

生活在二十一世紀的人類，對「電腦」這個名詞絕對不會陌生，然而真正了解電腦的人，甚至善於利用電腦的人，卻少之又少。電腦的發展至今也有半世紀以上的歷史，然而從早期的大型真空管電腦，以及後來的電晶體電腦，到現代的矽晶片微電腦，電腦一直不斷地在快速改變。不過「電腦」是中國人的說法，英文的Computer，與人類的大腦（Brain）是扯不上關係的。即使現在最先進的超級電腦（Super Computer）可以每秒處理上億個運算指令，但若要論及思考與創造能力，電腦可是一個超級大白癡。因此電腦——Computer，既沒有大腦的功能，就不應該叫它電「腦」，因此有人叫它「電子計算機器」。但現代的「電子計算機器」功能強大，資料庫系統、繪圖、工程、建築、醫學、物理、化學、太空科技無所不包，所以只把它叫做「電子計算機器」又有點太難為它了，所以應該叫它為「IQ零蛋電腦」。因為電腦真的沒有智商可言，功能再強大，都是靠人腦設計出來的，功能與指令也是在人類的規範與設計下所決定的。它既不會思考，也不會自己設計或是創造新的東西，所以「電腦」實在稱不上是「腦」，因為它實在缺乏太多功能了。

「電腦」充其量是一部複雜的運算與記憶機器，可是電腦的世界絕對是黑白的，只有0與1，不會有其他的，更不會是彩色的或是模稜兩可的，現在不會，將來應該也不會。所以如果有人可以記憶五百組以上的電話號碼，利用心算計算出多次元以上的方程式解答，但卻無法感覺人生的苦與樂，無法體會人生的美麗與哀愁，那這個人是一個怪胎。然而現代人卻真的有不少這種怪胎，身懷絕技，但面對人生的基本問題卻一無所知，也一點都不關心。如果人生像一部電腦，那麼人生將會是一齣悲劇。試想若人生少了情感，不能思考與創新，面對問題只有0與1的答案，只知Copy與記憶，那麼人生就了無生趣，更談不上有何意義與價值了。

然而現今電腦科技之發達，也不得不讓人嘖嘖稱奇。幾年前，電腦更衍生出「網路」這個怪胎，讓世界失了秩序、經濟變了樣。所以電腦的誕生，可以說是第二次的工業革命；而網路的誕生，就是第二次的資訊革命。看看現在資訊變化的快速，你會發現，電腦網路是如何的神通廣大，令許多人著迷。多少莘莘學子沉迷在網路虛幻世界無法自拔，他們喜歡網路的無遠弗屆，無邊無際，可以任意遨遊，但又害怕網路的虛擬不實，因此內心感到更加空虛與寂寞。

人們絕對不可能像一部電腦如此精密，如果有的話，那麼這種人會被稱為「超人」。然而將現代人與幾十年前的人比較，每一個人又何嘗不是一個超人？現代人只要擁有一台個人電腦，任何複雜的數字運算，函數、代數、多次元方程式都可輕鬆解決。然而幾十年前，一個微積分方程式可能花上好幾個月的時間才可能算得精確。電腦雖然加速了運算速度，卻減低了人們思考與創新的能力。如果能夠懂得善用電腦的運算與儲存記憶能力，又懂得思考與創造，那麼每個人都能夠成為一位現代超人。

誰能刪除腦中的記憶？

人生要完美，就要不斷面對錯誤，不斷改錯

●●●●●

記得小時候，老師問到同學們的座右銘，有人就會說：「失敗為成功之母。」對人類而言，這句話是千真萬確的，然而對電腦則完全不適用。對電腦來說，有時候一點點錯誤，就會要了命，毀了一生。現今電腦的主機板上，含有數千甚至上萬個電子元件與晶片，而這些電子元件與晶片加在一起，形成了數以萬計的電子邏輯迴路。只要其中有一個迴路因為電流過高而燒斷，或許整台電腦就會不斷當機，甚至無法使用。對電腦軟體來說也是同樣情況，只要程式設計師不管有意或無意在程式裡留下一個錯誤程式碼（Bug），整部電腦就會出現許多怪異現象，無法執行，造成種種錯誤訊息。相反的，人腦就沒有這種問題。人類對於錯誤可以轉化為一種經驗，做為日後判斷的一種考量依據。

比如說三歲的小孩如果不小心被熱水燙了一下，下次他就知道手伸入水中時得先試試。其他像是小提琴家海菲茲或是魯賓斯坦的音樂演奏，那就更是一種集合經驗、情感與思想於一身的完美藝術，據說他們在台上每演奏一曲，台下就可能需要練上幾百次，才能有如此完美的表演。雖然有些音感較為敏銳的聽眾，會聽出一、兩個極微小的錯誤，但對這些世界級的大師來說，是絲毫沒有影響的，而他們也不

會為了有一、兩個小錯誤就放棄整曲的演奏。對喜愛音樂表演藝術的人來說，聽演奏會並不僅止於一種感官上的滿足而已，音符即使有錯那也無關緊要，最大的收穫應該是精神上的鼓舞與振奮。看到演奏家們在音樂會上那種渾然忘我、如癡如醉的表情，只要有點感情的人，都會深深地被感動，將心中不易撥動的心弦挑動起來，在心中奏起悠揚的協奏曲，如餘音繞樑，久久不去。就像每次聽到蕭邦那首膾炙人口的《第一號鋼琴協奏曲》，我腦海中就會浮現出年輕時聽鋼琴家傅聰演奏會時的表情，到現在仍然清楚地印在腦海，絲毫不減。

　　根據科學家研究，人類的大腦是非常奇妙的，大腦在嬰兒出生後，所含有的神經元細胞數量在出生前就已達最大量；出生後，腦的命運是和環境相關聯的。好的營養，加上感覺刺激豐富的學習環境，

能使神經元長得更大。但另一方面，大腦在一出生就開始走向死亡，正常的耗損下，每天有將近一百多萬或更多神經元細胞死亡及衰老，而且這些神經元細胞是不可能增生或替代的。此外，創傷、疾病及環境毒素也會造成大量神經元細胞的死亡。

不過有趣的是，科學家也發現，生活在富於挑戰的環境中，並且經常進行智力工作的人，就有機會延緩或降低腦細胞老化的速度，減少老人癡呆症的發生機率。德國科學家發現「學變戲法」可改變人腦結構中，處理圖像部位的灰質，進而改變大腦的結構。科學家認為這一發現可以為治療神經系統疾病提供新的思路。而事實上科學家認為，不僅學變戲法可以改變大腦結構，學習其他的本領也會有類似的結果。大腦的結構是動態的，可以隨著人類學習的知識和本領的變化而變化，所以為什麼人們經過訓練與學習可以掌握一些不可思議的絕活。

然而人類對大腦的了解，仍僅止於功能性的觀察與結論而已，因為人腦神經元網路的複雜程度，就像宇宙如何誕生一樣，往往超出人類所能想像的。人類到現在仍然不是非常清楚，大腦是如何記憶、思考，產生憂愁與感性的個性，只是大約地了解大腦的部分區域功能的不同。但人類如何記住一個人的聲音、所說的話、面部的表情，抑或有選擇性的兒時回憶，這些對現今即使最優秀的醫學家和科學家仍是無法解答的問題。所以對電腦來說，你可以輕易地刪除一個字、一段話、一個檔案；可是如果有人說他可以刪除我腦海中李白〈靜夜思〉的詩句，或是莫札特《小星星變奏曲》的旋律，那絕對是不可能的事。

不管電腦與人腦結構與功能上的差異有多少，最大的差異是對錯誤的處理方式。電腦遇到了錯誤，絕不會自己解決，除非換上新的晶片或改寫新的程式，否則錯誤就永遠存在。然而人腦對於錯誤的處理方式，卻往往又取決於個人學習與成長環境所造就出來的個性。有些人能夠「每日三省」、知錯能改、好學上進，所以能夠不斷學習與進步，達到一種人格上的完美；然而也有不少人面對錯誤，卻採取視而不見、不理不睬的態度，所以相同的錯誤就會不斷發生。

雖然對與錯並非完全絕對，然而面對錯誤，如果不懂得學習與改進，那麼人類的行為與電腦又有何差別呢？

人生的光源

人生要多采多姿，先掌握人生的光源

●●●●●

上電腦影像處理課程時，我總會拿兩張電腦影像照片，和同學們解釋明暗（Brightness）與對比（Contrast）的概念。兩張相同的黑白照片，一張看起來非常黑暗，另一張又太過光亮，所以兩張都看不清楚。我利用電腦的影像控制功能，調整兩張照片的明暗與對比程度，最後兩張照片竟然看起來一模一樣，不但變成彩色的照片，而且照片裡的一景一物也都變得很清楚了。學生們都很訝異電腦的神奇作用；我則告訴學生，一切都是光線的作用。這個原理很簡單，就好像我們在晚上看不清楚東西，一片黑漆漆的，令人感覺陰森恐怖；可是當黎明破曉，旭日東升，照亮了大地，我們便會感覺一切又恢復了生機，花草樹木綠意盎然，欣欣向榮。可是如果有時午後烏雲密布，一片灰暗，我們又會覺得死氣沉沉的。所以學習影像照片處理技術時，光線便是一個重要的決定因素，對照片的明暗與對比、色彩、感覺，都有相當大的影響。

其實，光源不僅對影像照片有很大影響，對人生也同樣重要。人生如果要過得精采，一定要掌握住影響我們人生的光源，適當的調整，否則太亮或太暗，都會失去色彩。您或許會問，什麼是人生的光源呢？其實，可以點亮人生的光源很多，健康、家庭、財富、藝術、科學、哲學、宗教、學問都是不可缺少的人生光源。

人生最重要的，就是要有一個健康的身心，有了健康，任何遠大目標、雄心壯志才有機會完成。家庭也是我們重要的光源，少了家庭，人生便無法完整，就像飄在空中的花朵，沒有屬於自己的根，人生必然是黑暗無比的。財富也是維持人生生活的重要光源，有了財富，我們才有動力與資源去實踐人生的夢想。藝術也是我們精神生活的重要光源，接觸藝術，可以陶冶豐富我們的心靈，讓我們心情能在紛擾複雜的塵世中，獲得些許平靜。科學也是創造一個理性人生的重要光源，不懂科學的人生，容易變得盲目、疑神疑鬼、過分迷信，失去人生的理性。哲學也是開創我們內心世界的重要光源，有了哲學的思考，人生才能活出智慧。宗教也是引導我們走出人生悲苦的重要光源，人生無常，了解宗教，有了虔誠的信仰，人生就比較容易豁達開朗，將善良的本性發揮，幫助別人，為別人帶來溫暖。學問也是人生重要的光源，人的一生從小到大，時時刻刻都在學習，如果能不斷抱持一顆求知的心，向上好學，那麼短暫的人生也可以成就許多偉大的事蹟。

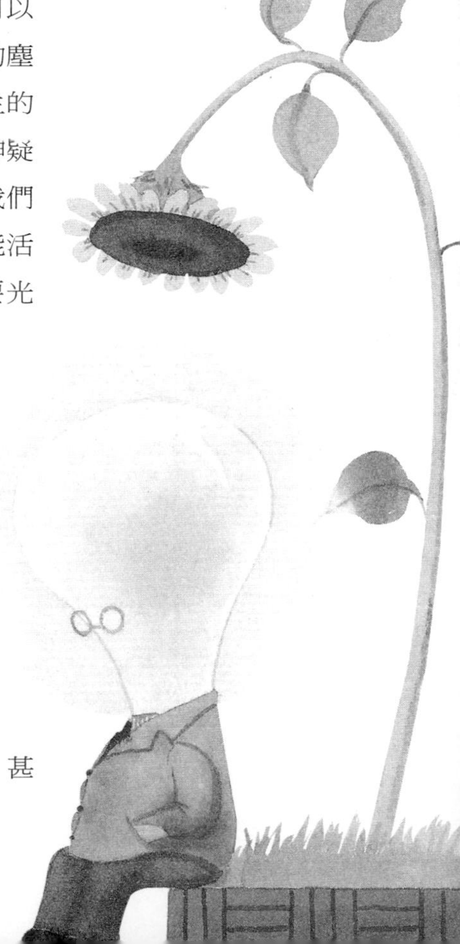

不過人生的光源也必須適度的調整，否則太多了，一樣會像正午的烈日陽光，令人發熱發昏，甚

至灼傷燙人。就像追求財富，必然要適可而止，取之有道，用之有理，否則汲汲營營，追求貪求無厭的財富，往往會令人鬼迷心竅，最後反而惹禍上身。追求科學，也要適可而止，否則過分地濫用科技，反而會帶來無妄之災，釀成災禍。探求與思考哲學道理，也要實事求是，才不會成為遙不可及的空談或理想。追求宗教信仰，也要適可而止，合乎科學時代的思維，宗教才能導出人性的善，而不會弄得疑神疑鬼、過分迷信。追求學問，也要有思考學習的目的，了解為什麼要學、要學什麼，如果不懂得學習的方法，不能思考問題，不求甚解，那麼人生就會茫無頭緒，遭遇許多無妄之災。

人生光明或黑暗，完全取決於自己，如果能適時適量地為自己點一盞心燈，照亮自己，人生或許不盡然美麗動人，然而只要能掌握光源，人生必然是一幅色彩鮮明、景致盎然的彩畫。

三夾板

善用資源，人生必然左右逢源

這幾年網際網路上的發展與變化，可說是日新月異，而一般人也因為ADSL頻寬增加，上網費用下降，所以利用網路找資料、購物、轉帳、繳費等，也愈來愈普遍了。最近我在學校開了一堂網頁設計的課程，教導同學們如何利用軟體設計與製作網頁，很多同學都覺得相當有趣，可以替自己製作一個專屬於個人的網頁，介紹自己的生活、工作或是興趣嗜好，還可以讓網友留言。不少學生興奮地告訴我，利用網頁在網路上交了許多志同道合的網友，將來可舉辦一個網友的聚會，讓大家互相認識。

不過同學們學習網頁設計最大的問題，是不知如何將想要的感覺表現出來；很多同學苦於沒有足夠的內容，除了介紹一下自己的個人資料，放一些生活照片之外，似乎就沒什麼特別的東西好介紹了！有些同學則對電腦的操作無法融會貫通，所以做出來的網頁總是支離破碎，缺乏一個整體架構，讓觀看的人摸不著頭腦。更有許多同學則是東拼西湊，放了許多無關緊要的東西，讓整個網頁看起來像一個大雜燴。所以我都會告訴同學們要有一個整合的概念，設計網頁最重要是如何利用現有的工具，或搜集網路上的資源，加以整理，然後變成自己的創意；而不只是轉貼別人網站上的東西，或將別人設計好的網頁原封不動地Copy至自己的網頁中。

舉例來說，現代的建築材料用得最多的，大概就是三夾板了。一棟房子的隔間、裝潢，從裡到外，一扇門、天花板，甚至一張桌子、一個板凳，很多東西都可用三夾板做成。所謂的「三夾板」，就是在二層大塊的平面薄木板中間夾入一些碎木塊、木屑，經過樹脂膠著，最後再利用機器加壓輾平而成。這種「三夾板」，就是一種整合的概念。

設計網頁就要有製造三夾板的精神，才能夠化腐朽為神奇。三夾板雖然利用了許多木塊、木屑，但最外面仍有兩塊平整的木板，如果去掉了這兩塊外面的木板，三夾板就會變成非常不值錢的甘蔗板，不僅木質粗糙，而且木板硬度、美觀與實用性都會降低許多。因此我常告訴學生，設計網頁時，需要將各種現成的資訊、圖片、文字加以處理，融會貫通，並加入自己的創意，最後轉變成一個有系統、整齊與美觀的設計。雖然這不是一件容易的工作，但如果沒有把握這種整合的觀念，往往設計出來的東西，就會像飄在空中的花朵一樣沒有根。

其實不僅做網頁需要有整合的觀念，讀書、做人處世，也都要有整合的能力，人生才能順心如意。一個好的將領，利用殘兵敗卒也能訓練成勇敢善戰的勇士；一個好的鐵匠，利用破銅爛鐵也能鍛鍊出精鋼；一個巧婦，利用剩菜殘羹也能烹煮出佳餚美味。世界上，能夠善用資源，並且加以整合、融會貫通的人，才能「化腐朽為神奇」，創造出自己的天下，而不是總是感嘆自己缺乏運氣，或環境不佳，生不逢時！

整合是一門藝術，然而這門藝術，需要有一顆包容的心，能夠廣納善言，不以個人偏見，精挑細選，自然能找到最合乎自己需要的；此外整合也需要有耐心，如此才能夠不緩不急，恰如其分地等待，最後化繁為簡，整理出一套系統。否則操之過急，必然造成火候不足而功敗垂成，再不然就是速度太慢，緩不濟急，到最後也會一事無成。

整合也需要經驗與智慧，能夠根據過往的生活歷練，累積成一種獨特判斷的智慧，抽絲剝繭地挑出最適合與最需要的，如此「慧眼才能巧識英雄」；當然整合也需要用頭腦，發揮創意與想像的空間，才能推陳出新，而不落入陳腔濫調的老套。整合並不是一種口號，也絕對不是一件簡單與容易的工作。人生如果不懂得學習整合的藝術，不敢迎接各種挑戰，不能善用既有的資源，在千變萬化的環境中找到規則，那麼人生想要多采多姿恐怕也是很困難的！

消失的銀行

不怕改變，才禁得起考驗

前幾天到街上買東西，忽然發現街角的銀行已經關閉了，變成錄影帶店。因為大幅的廣告宣傳，讓我產生了一點好奇心，於是索性進去逛了一下。這家銀行在附近開設了相當長的一段時間，所以從前我常去那裡辦理一些繳費或轉帳的事。雖然這一、兩年大多的事情都已轉到便利商店或網路上處理，但我對這舊日的銀行並不陌生，依然記得昔日人聲鼎沸、混亂忙碌的情形。現在，取而代之的是琳瑯滿目的DVD影片、電影海報與震耳欲聾的音響特效，令我頓時有點無法適應。不過那擁有厚重鐵門的金庫依然留在那兒，使我產生好奇，一間錄影帶店怎麼會有一個金庫留在那裡呢？問了店老闆，才知道裡面還有蹊蹺，老闆告訴我，這是他故意向之前的銀行要求，花了不少錢才留下的設備。其實裡面放了很多成人影片，但因礙於法規，無法明目張膽地放在外面，不過金庫很特別，很多客人都會問，所以便有機會向客人介紹，也算是一種廣告效果吧！

於是我也要求老闆讓我進去看看，其實也不是想看成人影片，只是長這麼大，還不曾到所謂的銀行金庫裡去參觀過。每次聽到銀行搶劫，或金庫被偷的新聞，都讓我對銀行的金庫產生了一種好奇感。走進去後，才發現銀行的金庫的確別有洞天，裡面有一走道通往地下室，雖然不大，但可以聞到一點金錢的味道，四周並沒有任何窗戶，完全是密封的，所以也有一點壓迫的感覺。望著架上令人眼紅心跳的錄影帶，想想曾幾何時，這裡或許堆放著巨額的現金，小偷、強盜無不對此虎視眈眈，然而現在卻成了成人片特區，這種轉變，不得不讓我駐足沉思許久，到底是什麼力量改變了這裡？或許現代人也看慣了許多見怪不怪的東西了！所以也沒有什麼人會大驚小怪的，大概是習以為常吧！

回到家後，我一直在回想剛才這個奇怪的錄影帶出租店。這幾年來，很多東西都移到網路上了，我們可以在網路上遊戲、繳費、購物、拍賣，甚至交幾個從未謀面的網友，談一場虛偽的戀愛，現在連銀行也都搬上來了，雖然這很方便，然而我不禁要問，方便難道不用付出一點代價嗎？而這代價又是什麼呢？或許世界真的改變許多，只是我們往往未察覺罷了！等到有一天忽然從夢中驚醒，我們才會失魂落魄地找尋昔日珍藏的東西。

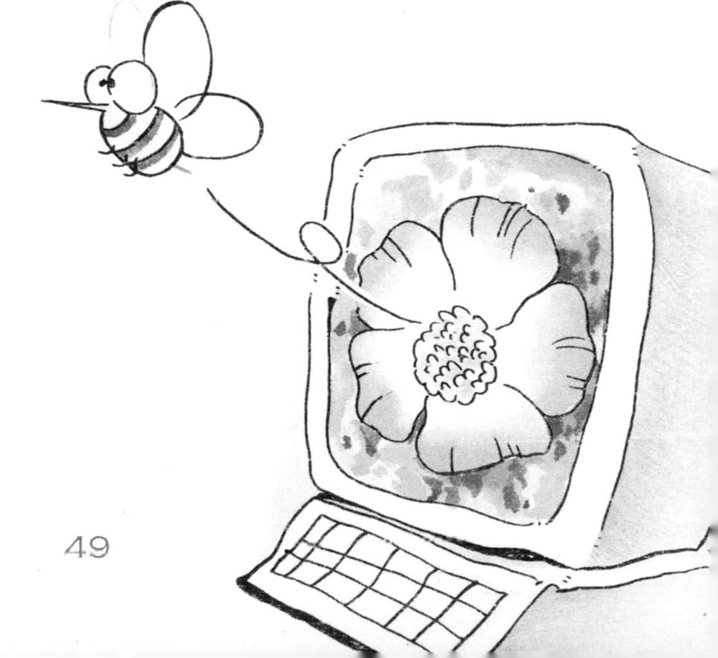

其實，網路世界並不可怕，可怕的是當網路把現實與虛幻的世界串聯在一起，讓世界的面貌變得更虛幻與模糊時，那麼這一次我看到消失的銀行，下一次我看到的可能會是迷失的人性價值觀。當我們在網路上可以獲得愈來愈多的東西時，真實世界的秩序將會徹底被打亂，這對人類來說，或許是一個重大的威脅。

改變並不是不好，所謂「窮則變，變則通，通則久。」做人有時候也不能太過墨守成規、固執不通，凡事應當要能有全盤的考量，才能變通。打棒球的人，要投變化球；從事政治的人，要變法維新，才能富國強兵；人要變化氣質，知書達禮，才能成為一個德才兼備的人。一成不變，不一定就壞；不斷地改變，也不一定是好。這變與不變，就要靠我們的智慧去判斷、去思考，如何變？要怎麼變？要變什麼？然而重點是，要愈變愈好，不能愈變愈壞。所以，世界上什麼都可以改變，唯有道德標準不能改變，對子女的愛心、對父母的孝心、對人的善心、追求自由民主的信念也不能改變。

雖然世間無常，一切都在變化之中，滄海變桑田，桑田變滄海。然而只有在改變之中，我們以一顆不怕改變的心，堅持不變的原則，重視人生的價值，才能禁得起考驗！

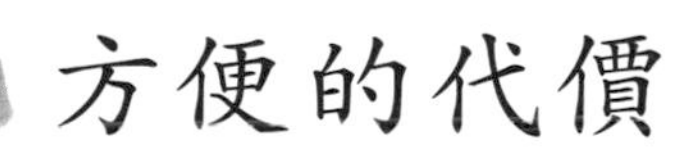

方便的代價

生活要過得開心，千萬不要偷懶

●●●●●

前幾天，在書店遇到一位學生，於是便閒聊了一下彼此最近的狀況。學生告訴我她辭去了之前貿易公司的工作，目前在拍賣網站上賣衣服，做起了小生意。她向朋友批了一些熱門的服飾商品，然後以低於一般實體店舖的售價在網路上拍賣，結果效果還不錯，雖然成交的數量不是很大，可是可以讓她在家自由工作，免除朝九晚五的上班族生活。

拍賣網站在美國大約五年前就已經相當成熟了，然而台灣在這幾年網路寬頻的快速發展下，市場也蓬勃發展了起來。現在除了一些不易搬運或價格較高的東西之外，很多東西幾乎都有在網路上販賣。據我了解，在網路上常可買到更便宜的價格，而且東西與實體通路所買到的幾乎是一模一樣。

這種情況，讓我想起台灣的另一個現象：就是在各大城市、小鎮的十字路口，可以看到許多便利商店。據統計，全省至少有將近五千家以上的超商，而這些超商最大的特色，就是二十四小時營業。裡面賣了各種平時最常用的生活日用品、飲料、便當、漢堡、三明治等等，讓不少都市人的日常三餐，匆匆忙忙地就在此解決了。現在超商連銀行代收水電、沖印相片、快遞等等業務也一併包辦，姑且不論這些超商的東西好吃與否，或營養與否，但大家會去光顧的最主要原因是它的便利性，隨時要買隨時都有。不過懂得精打細算的人就會知道，便利超商所賣東西的價格，通常都是比較貴的。不過東西貴一點，能夠方便，這就是現代人所必須付出的代價與生活特色之一。可是現在網路發達了，很多東西只要在網路搜尋一下，按一按電腦鍵盤就可以買到了，而且價格更便宜。既然網路那麼方便，東西又便宜，將來還有誰會願意到實體商店去購買呢？還好不是所有的人都信任網路購物的機制，所以數量並不是很大。

網路的東西雖然方便、價格便宜，但消費者難道不需付出一點代價嗎？想了很久，後來有一次和老婆逛街後，終於找到答案。有一次，她在百貨公司看中一件手提皮包，覺得有點貴，沒有當場買下。

我問她為什麼不上網找找看，她卻告訴我說：「那太無聊了！我就是要再逛逛看，或許別的地方可買到更便宜的，而且還可以殺價！」

原來在網路上購物，既便宜與方便的代價，竟然是犧牲了購物的樂趣。因為在網路上購物，往往摸不到實體的商品，缺乏人與人之間的互動，面對平板的電腦，只能不斷地移動滑鼠，所以在網路上購物的樂趣其實少得可憐。相較於逛街購物可以邊走邊看，可以試試穿穿，還有親切的服務員幫你服務，說許多討好你的話，逗你開心，那是一種至高無上的樂趣。難怪不少女士們總是樂此不疲，所以多花點錢買，也是值得的！

有趣的是，老婆有時也會懊惱地告訴我，很後悔因衝動而買了一些東西，因為她同事竟買到更便宜的。所以價格似乎是大家一致關心的，除了少數的部分商品，我們比較注重東西的附加價值。所以相同的東西能買到愈便宜的愈好，或許網路購物正好可以滿足中國人這種「貨比三家不吃虧」的天性。因此在網路時代，訊息變得更透明後，商品競相殺價的情況必然會愈來愈嚴重。還好，懶惰也是人的天性之一，也有不少人買東西只圖一個方便與簡單，所以買到的東西可能就比較貴了！所以貴與不貴，完全看你要的是什麼吧！

科技讓我們的生活愈來愈方便，然而如果有幸可以閒閒地躺在床上，是否偶爾我們也該想想，有些東西是不能貪圖方便的，否則，人生必然會失去不少樂趣吧！

傾聽是一門藝術

人生要走得順，先學習做個好聽眾

前一陣子，聽了一場演講，主講者是某科技大學的教授，題目是有關他在光電科技領域的一些最新研究與發現，雖然內容很新鮮，可是或許太專業了，台下聽眾不是打起盹來，不然就是早早離席。然而這位教授卻毫無發覺，仍然用低沉而且沒有互動的方式，滔滔不絕地談論他的研究與發現，整個演講會令人感覺相當沉悶。而且事後我也發現，在聽完這場演講後，我對演講內容毫無印象。這不禁讓我想起，年輕時在學校曾經聽過另一場很棒的演講會。演講者是一位知名企業家，演講的內容是談生涯規劃。讓人印象深刻的是，除了他生動活潑的演說技巧外，演講的方式有一點像音樂家的即興演奏，完全不讓聽眾預料，下一個步驟會是怎樣的一個情況，因為他會不斷地提出很多問題給台下的聽眾，最後在聽完聽眾的回答後，便會針對聽眾的回答加以分析，並提供很多不同的觀點，有的好笑，有的卻一針見血、分析透徹；有的則會留下一個問號，讓聽眾自己思考。演講結束時，每個聽講者都精神振奮，受到很大的鼓舞，根本沒有人打瞌睡。

其實演講是一種溝通的藝術，而這種藝術需要創意，更需要能發問與傾聽，才能打開聽眾的耳朵、敞開彼此的心胸。平常生活中，我們常常可以看到很多人總是喜歡當演講者，滔滔不絕地闡述自己的觀念與想法，而自己卻不是一個好的溝通者，也不是一個好的聽眾，所以總是無法聽進去對方的重點，無法產生交流，當然也無法讓對方心悅誠服。

例如不少父母對孩子們，總是要求學校成績要好，若表現不理想，就一味責怪。可是，卻很少有父母可以當一個好的聽眾，聽聽孩子們所遭受的困難、壓力，了解他們心裡的想法與感受。很多老師對學生總是不斷地講授課業、要求成績，可是很少有老師願意多花一些時間，了解學生的個人狀況、家庭背景，聽聽學生們的需求。先生與太太，似乎也有許多溝通的問題，彼此總是站在自己的立場，抱怨自己所受的委屈，卻不願意當一個耐心的聽眾。每個人總是認為，愛我就要聽我的，希望對方為自己改變，可是自己卻反而聽不見對方的想法。在公司裡，老闆與部屬之間也是一樣，老闆總是滔滔不絕地講著自己的想法、待辦事項、挑剔各種缺點與毛病，可是卻不懂得當一個好的聽眾，所以無法真正了解部屬的想法與需求，以至於老闆和部屬之間，總是有很大的隔閡存在。

大部分的人之所以無法和人和諧相處，最大的問題在於不願當一個沉默的聽眾，總是按捺不住自己的情緒，想發表自己的論點與看法。然而就像跑步得先學走路，練功夫要先紮馬步一樣，溝通的藝術，得先從當一個好的聽眾開始！

棋藝退步

批評要得理，說話要得體

●●●●●

有一個縣官，平常很喜歡下棋。他在京城做官時，每次下棋，每戰必勝。大家也都稱讚他棋藝高超，他也自命不凡。

後來他退休還鄉，棋興不減當年。可是每次下棋，卻每戰必輸，非常掃興。

縣官很感嘆地說：「啊，我的棋藝怎麼退步如此多呢？」

縣官的朋友對他說：「以前你在京城做官，大家為了奉承你，每次下棋故意讓你勝，使你高興，為的只是討好你，希望將來可以有求於你。現在別人無求於你，和你下棋，何須讓你？所以你每次下輸，只是說明了你的棋藝不過如此而已！」

●●●●●

看完這個故事，相信你一定也有類似的經驗，我們常常因為別人的讚美而得意忘形，或是一句無心的批評而難過許久。就像故事中的縣官，常常忘了反省自己，隨他人言語而搖擺，而忽略了自己應有的思考與判斷。而人生往往就是在這樣的情況下把自己的格局給局限住了，等到自己因為失敗時，才覺醒到自己原來和想像中的差距是如此遙遠。大多數人都希望獲得讚美，喜歡聽到別人的掌聲，我想很少有人會喜歡聽到別人的批評。或許像孔子的弟子——子路，聽到有人批評自己反而高興的人是少之又少。只是我們聽到別人讚美時，應該思考自己對這樣的「讚美」當之無愧嗎？還是別人只是別有用心的阿諛奉承？如果我們能像曾子「每日三省」，自然能更加澄澈地透視自我、了解自己，對別人的讚美就不會太在意了。相反地，我們受到批評時，也不用太生氣或難過，或許別人的批評正是自己改進缺點的最好參考。

其實，讚美與批評都是一種難得的說話藝術，平時與人相處，一定要把握住讚美與批評的技巧，才能使周遭的人群更加和諧，發揮語言的魅力。否則不當的言辭，往往會禍從口出，對人對己都沒有好處。適度的讚美可以讓人產生精神上的一種鼓勵與肯定，增加信心，也是讓人追求進步與發展的推動力。不過，讚美的言辭要恰如其分，適可而止，否則僅憑個人之喜好、過分的誇張、不經思索就脫口而出，那麼讚美就容易變成阿諛諂媚、巴結奉承。這樣一來，說的人人格不僅受損，而聽的人也往往容易心花怒放，遭受蒙蔽。

如果說「讚美」是美麗的糖果，那麼「批評」便是未加糖衣的良藥。良藥往往苦口，但是卻有益無害；批評雖是逆耳，然而適當的批評，卻可提供反躬自省的機會，助人改進缺點，砥志礪行。但是，批評也是一種藝術，要出於善意與誠心，小心謹慎，切忌揭發隱私，挑剔中傷，如此才能讓被批評者心悅誠服地感覺「批之有物，評之有理」。否則不當批評反而會成為惡意之攻擊，不僅於事無補，更容易引起誤會，傷人又害己。

一分一秒都是人生

悲觀的人看到問題，樂觀的人發現機會

富蘭克林曾說過「時間就是金錢」，大家也都可以體會時間的價值。時間過去了，就成為歷史，用多少錢也都喚不回來，所以時間比金錢還要珍貴。只是多數的人是「知易行難」，對於時間的掌握與利用往往是毫不關心的，以至於有許多人總是虛擲光陰，等到歲月不饒人時，才發現自己青春不再，一事無成，再多的感嘆也於事無補。晉朝陶淵明曾寫了一首〈雜詩〉，對人生變化、時光匆匆、歲月不待人有很好的描寫：

人生無根蒂，飄如陌上塵。分散逐風轉，此已非常身。
落地為兄弟，何必骨肉親。得歡當作樂，斗酒聚比鄰。
盛年不重來，一日難再晨。及時當勉勵，歲月不待人。

這首詩的句意相當簡單，但意境卻非常深遠。在當時動盪不安的亂世中，的確像一股清流，為人生帶來了光亮。大意是說，人生的旅程就像路邊的塵土一般，隨風飄浮不定，人既然來到這個世上，都是與眾不同的，所以應該好好珍惜人生的可貴，對待朋友應該發揮四海之內皆兄弟的情懷，何必一定要是骨肉之親呢？此外也呼籲人生苦短，得意須盡歡，有樂須同享。只要有一斗酒，就可呼朋喚友，比鄰共飲一番。年輕的時候，體力充沛，一生只會出現一次這樣的機會。同樣的，在一天當中，早晨的時光也是最為寶貴的，我們都應該好好利用，否則歲月是不會等待我們的。

其實上帝對人最公平的莫過於時間的分配，每個人每天都有相同的時間。可是因為每個人對時間的運用不同，所以有些人可以在有限的人生中，成就一番偉大的事業，完成自己的理想；相反的，也有很多人對時間毫無概念，所以終其一生，一事無成。

在網路上曾看到下面一段話的描述，如果能夠善用時間，那麼每一分、每一秒，都有它不同的價值：

想要體會「一年」有多少價值，
你可以去問一個失敗重修的學生。
想要體會「一月」有多少價值，
你可以去問一個不幸早產的母親。
想要體會「一週」有多少價值，
你可以去問一個定期週刊的編輯。
想要體會「一小時」有多少價值，
你可以去問一對等待相聚的戀人。
想要體會「一分鐘」有多少價值，
你可以去問一個錯過火車的旅人。
想要體會「一秒鐘」有多少價值，
你可以去問一個死裡逃生的幸運兒。

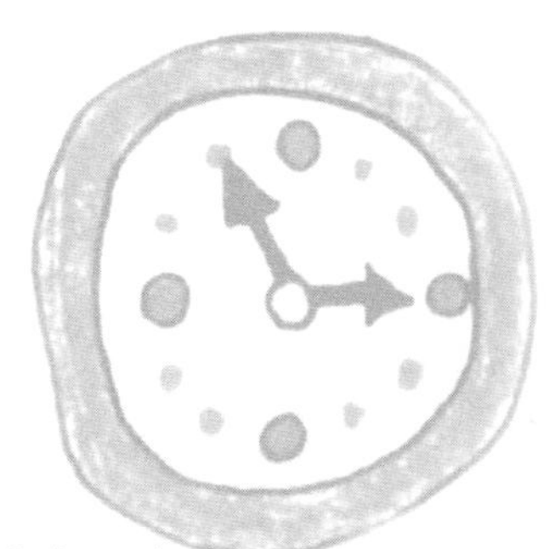

想要體會「一毫秒」有多少價值，
你可以去問一個錯失金牌的運動員。

所以一定要好好珍惜所擁有的美好時光，人生只有一次，我們不會永遠年輕。昨天已成為歷史，明天則遙不可知，只有好好把握當下，充分利用時間，把握機會。「悲觀的人看到機會背後總藏著問題，樂觀的人則從每個問題的背後發現機會」。人生沒有白吃的午餐，時間更不會等待我們，許多重要事情都在等我們做決定，所謂「天助自助者」。面對多元複雜的時代，人生要豐富，過得自由自在，絕對要好好掌握時間，學習如何善用人生中的每一分、每一秒。

第三道彩虹——思考

人之異於禽獸，

因為會思考，

然而不正確的思想，

卻是人生最大的毒藥。

撞衫

人生難免有許多矛盾，然而矛盾卻是成長的機會

●●●●●

太太告訴我今天在公司和同事「撞衫」了，一時讓我有點摸不著頭腦，後來才知道這是目前最新潮的說法。原來她在公司發現，居然和同事穿著一模一樣的鞋子，可是這位同事卻是太太平時很討厭的人，所以很懊惱，以後不想再穿這雙鞋了。我只好安慰太太說：「就是因為妳的眼光好，穿起來好看，所以同事也去買了一雙鞋，沒有什麼好不開心的，以後不要在公司穿，妳去逛街的時候總還可以穿吧！」

其實太太的這種想法，應該是可以理解的，很多人應該也有相同的想法。認為走在街上遇到了一個穿著相同衣服的人，不免會黯然失色，好像自己買了一件普通貨，自然對這套衣服在心中的價值大打折扣。有時不能讓我理解的是，我們對穿著會有如此的想法，喜歡獨樹一格，顯示自己穿衣的品味與格調；然而在思想上，我們往往不能有自主的想法，總是喜歡人云亦云，和一般人隨波逐流；再不然就是受傳統與世俗的觀念所束縛，無法跳出既有的框架。不能獨立思考的人，就會像失去靈魂的人一樣可悲，飄浮不定。

從小，學校的老師、父母總會告誡我們要遵守規則、循規蹈矩，不可標新立異或是有特立獨行的想法或行為，也常對小孩天真奇特的想法嗤之以鼻，視為無稽之談。可是如此，往往抹煞了孩子發揮創意與想像空間的能力。因此中國人的小孩模仿與學習能力倒是不錯，可是在創意與自我風格的建立上總是不足。走到商場上，你可以發現知名品牌與主導創意的商品，幾乎是美國與西方人的天下，中國人或是東方人的商品，往往只有跟隨與抄襲的份。根據美國《商業週刊》最新的年度全球品牌價值排名調查，報告顯示前十大品牌中，美國的品牌就占了八名，然而東方人的品牌則一個也沒有。所以台灣這幾年雖然成為世界級品牌的代工廠，然而如果我們總是埋頭苦幹，只知生產和製造，那就會像電腦的命運一樣，永遠受限於人的掌握，無法發揮創造力，開拓出自己的一片天空。

人生很多時候是矛盾的，然而矛盾的人生才是創造思考與成長的機會。畢竟人生如果太過平順，沒有經歷過矛盾的掙扎，那麼人生的思想很可能就會像一杯平淡無味的白開水一樣，聞不出任何獨特的味道。然而在矛盾的人生中，要能破繭而出，創造出個人獨特的氣質與特色，建立自己的人生舞台，這就需要耐心與時間的等待。就像喜歡吃榴槤的人都知道，榴槤一定要等到成熟破殼時，才會有最佳的風味。不過獨特的想法與創見，並不是一種標新立異，或是固執己見，而是一種深思熟慮的智慧，能夠廣納善言，仔細觀察與比較，也許在清晨一杯清淡茶香的刺激下，浮現腦海中的靈光一閃，最後歸納出一種獨自的見解。

時間其實是烘焙「人生麵包」的發酵粉，少了期待、漫漫長夜的等待，以及甘於平淡的忍耐，最後就無法享受成熟果實的甜美，思想也無法蛻變為羽化的蝴蝶，瀟灑自在地展翅飛翔。智慧需要思考，獨特的創見需要時間培養；人生要烘焙出有風味的麵包，這兩種素材是絕對不可少的。

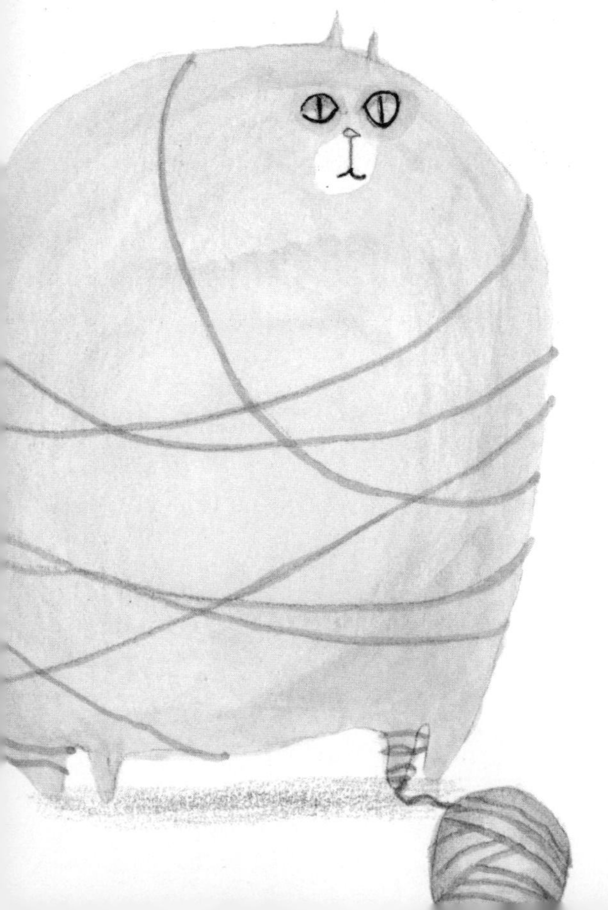

距離

唯有創新的思想，才能開創全新的格局

有一次，去參觀一個畫展，走到一幅畫前，我左看右看，卻看不出什麼東西。忽然畫家走過來，告訴我說：「您站太近了！離遠一點，就可看出我所畫的景物了。」果然，我看出來畫中原來有兩匹垂頭吃草的馬兒。

原來「距離」是一個重要的關鍵，如果我們沒有距離的概念，那麼生活中很多事情都容易出差錯，引起很多紛爭。不過，有時距離是一個抽象的概念，一對個性不合的情侶，我們常會聽到他們這麼說：「我和她的觀念距離得太遙遠了，根本不適合在一起。」然而我們總搞不清楚，觀念的距離到底是用什麼標準來衡量呢？印度大詩人泰戈爾曾感性地說：「世界上最遙遠的距離，不是生和死，而是當我站在你面前時，你卻不知道我愛你！」更說明面對心愛的人，可是對方卻渾然不知，我想那也是一種心靈上的打擊了。對商場上的商人來說：「全世界最遠的距離，是把顧客口袋裡的錢放進自己的口袋。」所以商場上，要賺到客戶口袋的錢，的確不容易，不用點頭腦，恐怕是很難的。結婚的人則知道另一個真理：「全世界最近的距離，是自己口袋的錢被轉移到配偶的口袋裡。」所以夫妻之間要能財務獨立，恐怕並不容易，很多夫妻為了財務問題，最後往往勞燕分飛，各奔東西。

對開車的人來說：「距離是行車安全的必要條件，太近了！一個煞車不及，便會車毀人亡。」所以沒有適當的「距離」，我們無法看清楚書本上的字，沒有辦法談戀愛或是與人相處，生活工作上都會出現很多問題。

其實，不只是人需要衡量距離，在自然界，距離也一樣重要。就像太陽與地球的距離一樣，多一點或少一點，地球上的生物就會熱不可耐或是被冰川覆蓋。同樣地，農夫播種插秧，在每株秧苗之間也得保持一定的距離；否則播種距離太鬆散，土地資源就無法有效的利用；可是如果太緊密，土地的養分又會不夠分配，使稻米生長不佳。我們之所以可以聽到美妙的音樂，也是因為每一個聲音有適當的距離，產生音階，有高有低。所以大自然之所以能夠和諧圓滿，實在是因為彼此都有一個適當的距離。

父母與孩子之間，也要保持些距離，否則管太多了，孩子們可能會倍感壓力，有如籠中鳥，隨時希望遠走高飛。夫妻之間也要保持距離，才能各自擁有一片天空，感情才能歷久彌新，否則太過如膠似漆，反而容易起摩擦，最後勞燕分飛。朋友之間也應當「君子之交淡如水」，否則牽扯太多，很容易就分道揚鑣，無法細水長流。人生也要有距離，如果沒有經歷過漫長冬季的落葉凋零，就無法體會大地回春、一片欣欣向榮的朝氣；如果沒有經歷過童年的無憂無慮，那麼就不會有年少成長時的矛盾與苦澀。在青年時代，沒有經過煩惱與成長過程的掙扎，就不能破繭而出，擁有成熟的人生。

然而人類進入科技時代，電腦與網路的出現更改變了世界的距離，天涯若比鄰早已不稀奇了！在幾秒鐘之內，我們可以捎一封信息或是撥一通電話給遠在他鄉的親人、朋友，而世界上的任何一處角落，似乎也不是遙不可及的了。阿爾卑斯山、聖母峰、撒哈拉沙漠，就連幾萬呎深的太平洋深海，也有探險家去過。今天我們可以搭乘超音速飛機，繞著地球到處跑，太空探險登入月球，現在連火星也是科學家們躍躍欲試的下一個目標。

儘管世界很多地方距離縮短了，然而每當在夏夜看到繁天星斗，卻令人感覺人生之渺小、宇宙之無極。人類現在所探知的世界，也只不過是汪洋大海中的一粒小水滴而已，有如井底之蛙，不過是常常無知地仰望井口的那一片天空罷了。在人的世界裡，空間、時間絕對是有距離的，其實很難去超越，像電影回到過去或未來，實是無稽之談。然而人類的思想是沒有距離、沒有限制的，古今中外，可以讓我們任意遨遊，隨處可及。躺在床上，我可以想起幾千年前，老子、莊子或孔子的一句話，然而我也可想想明天、明年或是十年、百年以後的無聊問題。

距離，絕不是人生的問題，局限人生的往往是一成不變、狹隘自私、守舊的觀念與想法。人生唯有讓思想不受限制，開闊心胸，超越現實的枷鎖，那麼人生才能開創出全新的格局。

Procedure

人生如四季，雖不能改變它的順序，卻可以好好享受它

●●●●●

第一次看到 Procedure 這個英文字，是在美國修電腦程式設計課程的時候，後來翻了字典，才知道是「程序」的意思。在電腦的世界裡，Procedure 是很重要的一件事，我們每在電腦上打一個字、畫一條線，電腦都得遵循一個固定的 Procedure，否則就會出現錯誤訊息。相對於人生的Procedure，就有很大的空間，比如說，有些事情可以先做，也可以後做，影響其實不大，就像先去買瓶醬油，再去理頭髮；或先去理頭髮，再去買醬油，結果是沒什麼不同的。然而電腦的程序卻往往無法更改，並受限於程式設計的控制，雖然程式可以修改，然而程式一旦寫成，就很難更改它執行的程序了！這個道理很簡單，就好像你站在自動販賣機前，不投下正確的銅板，可樂罐就不會掉下來，你投一次，它就掉一罐，甚至偶爾機器還會故障，吃掉你的錢，讓你氣得跳腳。然而除了自認倒楣外，還有什麼辦法呢？所以也有人不會在販賣機上買一杯二十元的咖啡，寧願花一百二十元去星巴克喝一杯香濃的拿鐵，原因非常明顯一因為走進咖啡館，面對的就不會是機器與那千篇一律的選擇，而是有親切的服務生會為您解說最新口味的產品，甚至問你要不要順便來一塊起司蛋糕。

其實，做人最大的成就與樂趣，就在於我們掌握了選擇的權利，我們可以選擇喝咖啡或喝花茶，咖啡可以加糖或是不要奶油球。人生的過程，便是一連串的選擇串聯起來的，試想，人生如果沒有了選擇，那麼我們將如一部販賣機或是養在柵欄裡的一頭牛一樣，無奈與無趣。不過可惜與奇怪的是，現代人在都市快速的生活步調中，很多人開始討厭選擇，甚至害怕選擇，寧可循著固定的模式思考不願改變。然而沒有選擇，就不會產生變化，也不會產生不同的結果，如此，相同的錯誤就永遠會發生。

當然，太多的選擇也是令人感覺麻煩的，在網路上，往往就有這種感覺。利用搜尋引擎尋找資料時，總會有一大堆網站出現，可是真正能連上或有用的卻少之又少！很多網站不是搬走，就是早已關門大吉了！一位新時代的女性很自豪地說，她不結婚的理由，就是選擇太多了，或許這就是現代人另一種矛盾現象吧！選擇太多，往往失去了目標與方向，但有時候沒有選擇，也同樣是令人迷惑與迷惘。

有時我也在想，選擇是好還是壞呢？或許我們每天都有固定的工作，必須遵循固定的Procedure，從出生牙牙學語，然後走路，到長大為人父母。人生有很多過程是我們無法控制與改變的，感覺上被限制了許多，但事實上，思想是可以無限寬廣的。因為誰也沒有辦法可以綁著你的大腦，阻止你天南地北胡思亂想。局限我們自己的，往往是自己守舊與固執的想法，而不是外在不易改變的環境與過程。

人生其實是無窮的，所以我們可以看到遠在天邊、千載難逢的哈雷彗星，觀賞一部莎士比亞不朽的《哈姆雷特》，或是聽一曲貝多芬震撼人心的《命運》交響曲；然而人生也可能是極其有限的，有太多人終其一生就像一縷輕煙飄過，不著任何痕跡，什麼也沒有留下。而這有限與無限，完全在於我們的大腦是如何的選擇與思考罷了！

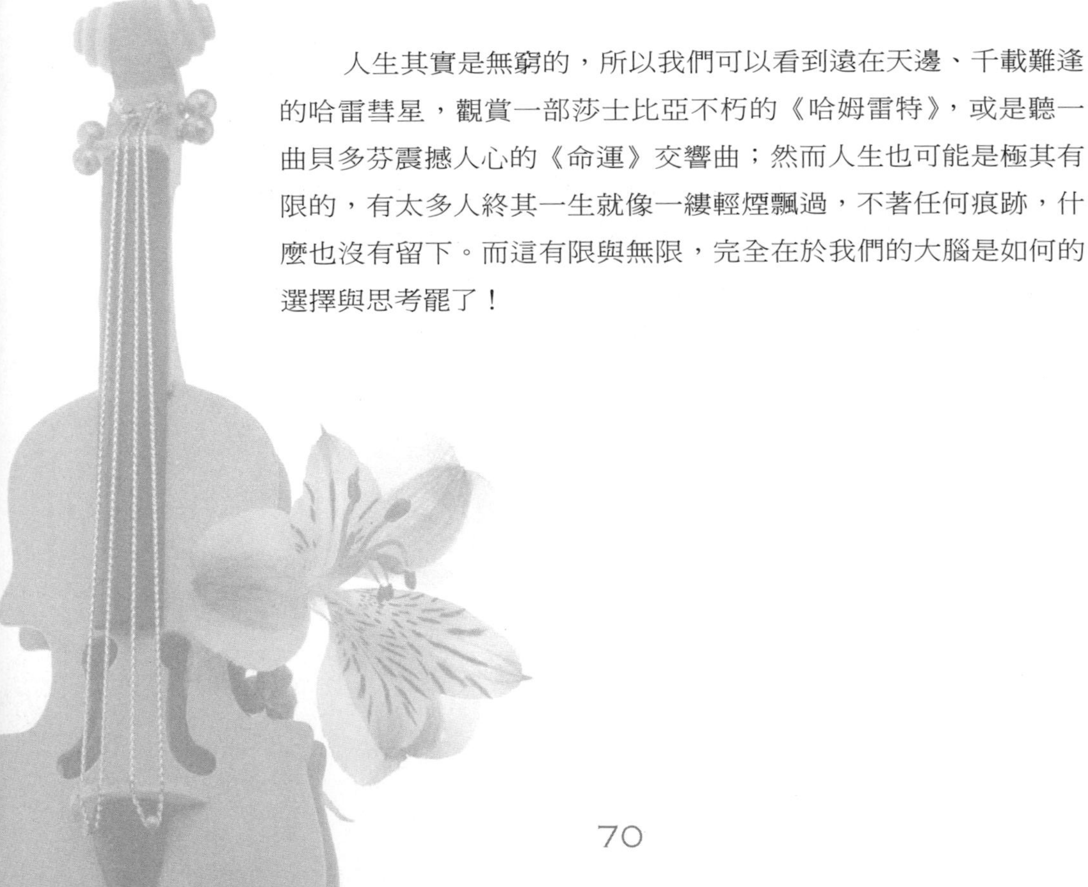

現代人的無奈

世界並非不美麗，只是需要更寬廣的視野

長久以來，西方科學家一直認為，科學的精神是站在客觀的立場來探求事情的真相，希望將人為主觀的因素去除，也就是說不管實驗者是誰、持什麼觀點，應該都不會影響實驗的數據與結果。例如A君與B君針對聲音在空氣中的速度做測量，不管在美國或是在歐洲，大家做出來的結果應該都是一樣的。然而進入二十世紀，量子力學以及愛因斯坦的相對論興起以後，這主觀與客觀的標準往往就變得模糊不清了，到了二十一世紀，很多的科學實驗均證明實驗者的觀點會影響實驗結果。

舉例來說，人類近代的文明起於電的發現與應用，電子於一八九七年第一次被發現。如果要描述電子，可以說它是沒有大小體積的點，但是有位置。這一百多年來，這麼小的東西到目前為止，還是沒有任何儀器可以看得到它。科學家只能掌握電子的特性，用各種理論去描述，可是我們卻根本看不見電子，也不知道到底電子長什麼樣子，所以任何人可以主觀地說電子如何又如何，根據實驗證明他的理論是正確的，然後自圓其說。因此，早期有科學家認為電子是一種極微小的粒子，可是近代的科學家卻又發現，電子又具有「波的特性」。換句話說，現在科學家發現電子又是波又是粒子。這不是很令

人困惑的事嗎？然而會不會哪一天科學家又發現電子的一些特性，然後又把它解釋為一種奇怪的東西？

就像現在科學家普遍認為「夸克」是目前宇宙自然界中最基本的粒子，以目前的科技是無法再將「夸克」做任何的分割，到底最後究竟什麼是大自然中最基本的元素？如果硬要說從客觀的角度來看，應該就是「夸克」這種粒子。這種客觀也只是科學家運用目前的科技，所描繪出來的理論與結果，任何人都有理由可以主觀地不相信這種東西存在，畢竟世界上沒有一個人真正看過所謂的「夸克」。科學家卻說，這種東西到處都存在，就連我們的身上都有。

不過人類光憑對電子特性的掌握，就能讓人類科技突飛猛進，如電視、電話、飛機、電腦、IC晶片的產生，影響人類文明是多麼深遠與劇烈，這一切，竟然是只掌握規則與特性，可是卻看不見、不明瞭其真相的情況下發展出來的。這也正是為什麼現代人對科學原理的研究愈來愈不重視，只重視有實用價值的科技研究。反正，知不知道真相不重要，能掌握特性，能運用它就夠了！而這樣的科技追求與發展，到底會不會產生什麼問題呢？就好像擁有一台名貴的法拉利跑車，可是我卻以為它只能開到二十公里的速度，甚至天真地以為它可以開在海上，那不是一種浪費與無知嗎？對哲學家來說，如果科學實驗會因個人主觀的想法而不同，那麼，什麼是真正的客觀呢？今天我們所存在的科技世界，所提出的種種理論，是否很多也只是科學家主觀的自圓其說，這些科學家有資格宣稱自己的理論與實驗擁有絕對的客觀性嗎？

其實人生所看到的許多現象與問題，很多都是主觀與客觀的角度不同，而且主觀或客觀也沒有清楚的界線。我們很難去畫一條線，將客觀與主觀明顯分開，然後宣稱自己是站在客觀的世界裡。其實二十一世紀的科學，有時候已經更明顯地指出自己過去許多的理論與觀點是根本站不住腳的，難怪愛因斯坦當年發現他推導的公式與後來量子論的發展有很大的衝突時，他竟然徹底拒絕接受，因為量子論徹底違反愛因斯坦對科學定律的原則、違反他所認知的世界了！然而愛因斯坦卻又提不出證據，說明量子論的錯誤。所以愛因斯坦晚年的苦悶是可想而知的了！這就好像，科學原本是想要了解月亮上到底有沒有嫦娥在那裡，可是到最後卻發現，月亮上什麼也沒有，只不過是地球旁的一顆不會發光的星體而已，除了在地球上可以看到，可是到了火星、金星或水星上看，卻只是天上的一顆星星而已！這也難怪現代人很難望著月亮產生任何幻想與感情。

科技讓我們的世界變得更方便與快速，也讓這個世界變得更現實與殘酷，我想這是現代人的可悲，也是現代人的無奈吧！

人工美女

不懂思考與反省，是人生最大的殘缺

有一位滿臉愁容的老人，七十歲了還沒結婚，到處旅行、流浪，似乎在尋找些什麼東西。有人問他在找什麼？他說：「我在尋找一個完美的女人，想娶她為妻。」

那人就問他說：「你四處旅行，找了那麼多年，難道從來沒有找到一個完美的女人嗎？」

「有的，我碰到過一個，那是僅有的一個，真是一個完美的女人。」

「那，你為什麼不娶她呢？」

老人無奈地說：「可是，她也正在尋找一個完美的男人。」

最近看到報導，有一位人工美女，花了百萬台幣的代價，在身體多處動手術，只為了要塑造一個完美的臉孔與身材。或許這則新聞已經不是什麼新鮮事了！但這件事卻讓我感覺到社會的價值觀已經徹底改變。不少人認為：有一個美麗的外表比什麼都重要，寧可花下大把鈔票追求外表的美麗，卻不願多花一點時間增長一點自己的智慧。其實拜科技與醫學發達之賜，人類可以透過整形醫療技術，巧妙地改變一個人的外表，但是要改變一個人的內在，就不是那麼容易的事了。畢竟外表的美是留不住的，就像綻放的玫瑰花，終究會凋謝的。歷史上又有多少人只因為長得美，就讓世人留下深刻的記憶？或許楊貴妃和西施是少數中的少數，然而我們都不曾見過她們，也無從了解她們到底有多美。前面的故事，對那些追求外在完美的人有一個很好的啟示。想想看，我們是否也都常常犯了同樣的毛病，總是挑剔別人的不完美，可是卻看不見自己的缺點？

記得幾年以前遇到過一個女孩，初次見到她的時候，她有著甜美及可愛的笑容，長長的秀髮，一雙大大的眼睛。其實她不是我所見過最美的女孩子，可是她卻是我所見過的女孩子中最令人心動的。我喜歡她的大方、溫柔而親切的問候，讓人感覺她身上帶有一股不可言喻的親和力。其實在我看來，最美的女孩是那種天真無邪，溫柔中，帶有一種高貴的氣質，而這種美是一種清純之美，而不是外表之美。畢竟外表之美是會改變的，多少絕世美女在嫁做人婦後，生活的繁忙與壓力，歲月的不留人，都會使花容月貌產生變化。

愛美是人的天性，然而完美的人不應只有美麗的外表。人礙於造化與命運之捉弄，往往會有許多缺憾，或許有這些缺憾，才能更讓人體會人生的美妙與意義。事實上，世界上又何曾有過真正完美無缺的人呢？真正的完美，是那種可以無欲無求，不受外在干擾與影響的一種心境，他在內心塑造了一份完美的境地，詩人用文字把它表現出來，畫家用畫筆與水彩把它表現出來，音樂家用音符把它表現出來。然而他們所呈現出來的美，不就是一個完美的境界嗎？如果您聽過樂聖貝多芬的《田園》交響曲，相信您的心中會出現一幅田園之美的景象。看過達文西《蒙娜麗莎的微笑》那幅畫嗎？相信您一定會感受到畫中人物慈愛祥和的美麗。看過莎士比亞《羅蜜歐與茱麗葉》的戲劇，您又會感受到愛情的可貴與無價。因此，藝術家們運用他們的想像與情感，超越了時空，創造了一個真正的完美境地。

完美或殘缺，其實都是心境的作用，只有內心充滿善念與美感的人，才能真正體會世間的美，忽略人生的不完美。就像月有圓有缺，可是我們不會認為上弦月或是下弦月有什麼不完美，因為我們可以從內心去感受它的不同，並接受這樣一個事實，甚至去欣賞它的殘缺。相信偶爾在夜闌人靜的夜晚，如果看見一輪明月，您或許會覺得月亮在對你微笑！然而一個沒有內在美的人，即使面對皎潔的明月，心裡也不會有任何感動。他們在情感上是麻痺的，在思想上是枯槁的，所以不會像詩人李白有「床前明月光，疑是地上霜，舉頭望明月，低頭思故鄉。」的情懷，或是「舉杯邀明月，對飲成三人」的豪放。而那種沒有美感、沒有哲學思考的人，才是真正的殘缺。因為他們少了上帝賦予我們對人生事物觀察與感悟反省的能力。少了這份能力，試問人生在世上與禽獸又有何異，那不是一種殘缺，又是什麼呢？

0與1之間

條條道路通羅馬，人生是多元與彩色的

●●●●●

有一些電腦概念的人，應該都知道電腦的原理是0與1的組合，也因為它的基礎是如此簡單明確，所以總讓人感覺電腦是硬梆梆、死板板的。之所以有這樣的感覺，實在是很多人在工作或生活中，常常因為電腦的錯誤與頑固、不可變的特性，浪費了許多時間，使我們面對這個固執的科技產物，往往束手無策。就像我在教學牛雷腦程式時，總會告訴學生，當你輸入錯誤指令時，即使一千次、一萬次，也別妄想電腦會同情你、幫你工作。因此我們就可以了解，為什麼有那麼多人痛恨電腦的指令操作，並對複雜的程序頭痛不已。

如果用0與1來對照大自然，你會發現不可能看到0.1顆樹、0.5隻蝴蝶，或0.6隻的牛或羊。但人和電腦就是不同，人類的想像力與創造力太豐富了，因為當我們企圖把一塊蛋糕分給十個小孩時，我們就知道0與1之間還存在有無窮的世界。事實上，自然界也不是只局限於0與1而已。當我們把一杯水倒出一半，然後再把剩下在杯中的水再倒出一半，如此重複四次，我們便可算出，杯中剩下的水只有原來的 $1 \times 0.5 \times 0.5 \times 0.5 \times 0.5 = (0.5)^4$，同樣地我們可以說，重複十次，杯中剩下的水，只有原來的 $(0.5)^{10}$。因此人類利用積分與微分的概念，可以精準的計算一個不規則形狀的面積，不規則物體的體積或是極其細小物體的長度和面積。不過人類並非一下子就產生這種想法與觀念的，也是經過許多數學家不斷地思考與觀察歸納，才找到答案，並創造出一個全新的宇宙。就像笛卡兒用簡單的兩條線，畫出座標，就創造了解析幾何學（Analytic Geometry），所以可以用簡單的座標符號，標示出平面幾何圖形的關係位置，比較兩個物體之間的距離，這種發明也是人類的一大創舉。

反觀電腦世界就沒有這種機會，在一個位元（1 bit）上的記錄方式，就只有0與1而已，不會有其他情形。因此幾十年前電腦和現在電腦的原理，根本沒有改變，不同的是愈來愈龐大與複雜的軟體與硬體罷了！但是電腦的這種特性，到底是好是壞呢？我想這是它的好處也是壞處，好處是它有軌跡可循，所以我們可以一點一滴，利用它最單純的特性，建造出人為的世界，並乖乖地受限於人類的掌握，像電影《魔鬼終結者》那種具有思考能力與邪惡的機器人，恐怕是不會在現今的電腦體系中產生。然而電腦0與1的單純性，也是它最大的毛病，它不會從0與1之間創造出新的東西，所以我們會發現電腦遊戲玩久了，在相同的情況下就會產生同樣的場景，同樣的人物、同樣的音效與同樣的結果。

記得以前最痛恨的電腦遊戲，就是那種玩了幾次，然後就卡在一個固定的關卡，無法突破，結果必須操作同樣的遊戲，千篇一律的過程，到最後終於放棄。不像在夜深人靜時，靜靜地讀一首李白的詩句，或是聽一首蕭邦的鋼琴曲，在不同的年紀與心情下，往往有不一樣的感受與激動，有時如癡如醉，有時卻黯然神傷，然而這種體會在電腦世界中，我們是很難找到的。

0與1 是電腦的世界，然而人生絕對不應局限在0與1之間，否則人生會是一齣悲劇，或者只是一個固定的程式罷了！

思想病毒

不重視生命，是最嚴重的思想病毒

這幾年，稍微有一點電腦概念的人，對電腦病毒這個名詞應該不陌生。可是真正能遠離病毒危害的人就很少了！每次上電腦概論課時，我都會向學生介紹一下電腦病毒的基本概念，簡單地講，「凡是具有破壞性的電腦程式」就可以稱做電腦病毒，而一般的電腦病毒多多少少會利用電腦程式上的一些弱點進行破壞，讓電腦慢慢失去正常，出現許多奇怪現象。輕微的病毒會讓電腦不斷出現一些警告訊息，有些病毒會刪除一些系統檔案，讓電腦很容易當機；也有一些毒性較強的病毒會破壞電腦最重要的中樞神經——開機檔案，造成系統無法正常啟動；更嚴重的病毒會將硬碟破壞，讓重要的資料被刪除。

有一次，學生問我：「要怎樣才知道一個程式到底會不會具有危害性呢？」

的確很難，就好像你遇到一個人，你很難從外表去判斷這個人到底是好人還是壞人。因為他可能對你百般和善，可是心理卻想著如何騙走你口袋的錢；然而長相醜陋的人，或許卻有一顆慈悲的菩薩心腸。我們不能僅用外觀或個人的喜好來論定，唯一能做的，就是做好保護自己的措施，並學習處事判斷與隨機應變的能力，充分培養明辨是非善惡的智慧。

其實就像現在電腦病毒氾濫的情況，在人類社會中，這種危害我們行為的「思想病毒」也是處處可見。馬克思的共產主義，日本專制的軍國主義，希特勒的納粹主義，都為二十世紀的人類帶來了一場浩劫。雖然這些已成歷史，然而現今以功利為主的資本主義也同樣地好不到哪裡。在現代社會中，多少人對名利、權勢趨之若鶩，將人類天生善良、仁愛、講禮重義的思想給拋諸腦後，正有如中了病毒一樣。然而，人的思想一旦中毒，產生偏差，那麼行為要能正常也是很難的。所以我們可以看到多少人，違背了自己的良知與正義，貪贓枉法，為非作歹，更有許多人罔顧其他生物的生存權利，殘害地球上許多無辜生命。

人類為了追求經濟發展，恣意妄為，過度開發地球的天然資源，大規模砍伐森林取得耕地、木材，大量開採煤、石油和天然氣等化石燃料取得能源。但這些工業生產、交通工具所排放出來的大量二氧化碳，卻促使大氣的溫室效應加強，導致全球的溫度上升，臭氧層的破洞，造成地球南北極的冰山融化。

根據科學家的研究與統計發現，地球表面平均溫度在過去一百年約上升攝氏零點三至零點六度，海平面則增高了十至二十五公分，許多城市都將面臨被淹沒的命運。科學家也指出，在兩極的冰川中，可能也包含了古代的天花、小兒麻痺等病毒，現在冰層融化了，這些千古年前的可怕病毒可能就會被釋放出來。英國的《新科學家》雜誌在最近的報導中說，科學家目前在格陵蘭至少已發現了十五種古代的病毒。每當兩極海水溫度上升，就會出現更多微生物，例如一種會引發腹瀉的病毒，就有可能是冰層「解凍」後，順著海水飄流到美國造成感染。此外，令科學家更擔心的是地球平均氣溫的改變，會造成傳染性疾病或病蟲害的流行，因為氣溫上升會傷害人體的抗病能力，若再加上全球氣候變遷所引發的動物大遷移，極有可能促使腦炎、狂犬病、登革熱、黃熱病的大規模蔓延，後果相當可怕。

這幾年我們可以看到許多自然界的怪異現象，如SARS大流行、腸病毒、禽流感病毒、狂牛病，都造成了相當大規模的危害，經濟損失無法估計。而人類自恃聰明、恣意揮霍天然資源所釀成的災禍，其實也是自食惡果的前兆而已！畢竟人的力量是何其渺小，大自然有許多神奇的力量在支配著這個世界，如伊波拉病毒、拉薩熱、漢他病毒、AIDS、SARS等皆令現代人聞之色變。其實這些病毒，遠在人類祖先尚未出現在地球之前，就已經存在了，它們和大自然的宿主和平共處，早已歷經了千萬年的歲月。然而人類恣意妄為，闖進病毒的世界，但這些病毒沒有思想、沒有感覺，只憑著生物本能的基本繁殖特性，使我們自許為「萬物之靈」的人類毫無招架之力，我們實在應該好好深思與反省才對。

電腦病毒或許會擾亂我們的工作，可是「思想病毒」卻是人類萬惡的根源。貪婪與愚昧、錯誤的人為政策、國與國之間的利益衝突、武力侵略、恐怖攻擊、侵略戰爭，這些都是應當加以消滅的「病毒」，它對人類的危害，也許比伊波拉病毒、拉薩熱、AIDS、SARS這些病毒更可怕萬千倍。在今天大家談如何防治SARS、消滅禽流感病毒的同時，人類更應該遵循大自然運作的法則，尊重生命，把自以為是、藐視其他物種生存權利、唯我獨尊、覬覦萬事萬物、貪婪不知節制的思想病毒給撲殺乾淨吧！否則人類將會永無安寧之日。

USB滑鼠

創意絕非天才的權利，然而成功絕對需要勇氣

●●●●●

太太問我什麼是USB滑鼠？一時之間卻把我問倒了，不知如何回答。對我而言，USB只不過是電腦的一個專有名詞，就像硬碟、CPU、CD-ROM，都是再簡單不過的電腦零件，有什麼好解釋的呢？可是太太卻說：「你不能以自己的標準來看，我又不是學電腦的，我怎麼知道那麼多呢？我不管，你一定要教會我，不然同事們都在笑我，還在用舊滑鼠，而且總是不靈光！」於是我只好耐著性子，把USB滑鼠拿出來，告訴太太所謂的USB就是指這種新的接頭。

太太看了看又問我說：「這種接頭為什麼要叫USB呢？」

這次又把我問倒了，在學校教了那麼久的計算機課程，從來也沒有學生問過，後來查了資料，才知道 USB 是Universal Serial Bus的英文縮寫，我想就字面的意思，應該是指「國際通用介面埠」的意思。

太太笑我說：「你看，被我考倒了吧！」

不過談到USB，我卻發現，在電腦上這是一個創舉，因為它不再像舊有的系統那麼麻煩，常常要先安裝驅動程式（Driver），可以隨插隨用，相當方便。所以這一、兩年來，舊式像CON1、CON2、Serial Port等介面，現在幾乎都已經被取代了！現在幾乎所有電腦的外接裝置，像是印表機、隨身碟、滑鼠、鍵盤、掃瞄器、數位相機的接頭等等，都改成USB介面。一時之間，我的電腦USB接頭竟然不夠用了！其實在科技時代，這種淘汰與取代的現象，似乎是不斷上演的戲碼。翻開人類科技演進的歷史，我們可以發現太多的例子。汽車的出現取代了馬車，電晶體取代了真空管，DVD取代了錄影機。這種快速的淘汰與變化，有時不禁讓人不寒而慄，世界上還有什麼東西是不會被取代的呢？就像現在失業率如此嚴重，人類的價值也在科技演變的洪流巨浪中，不知不覺地被淘汰與取代了！

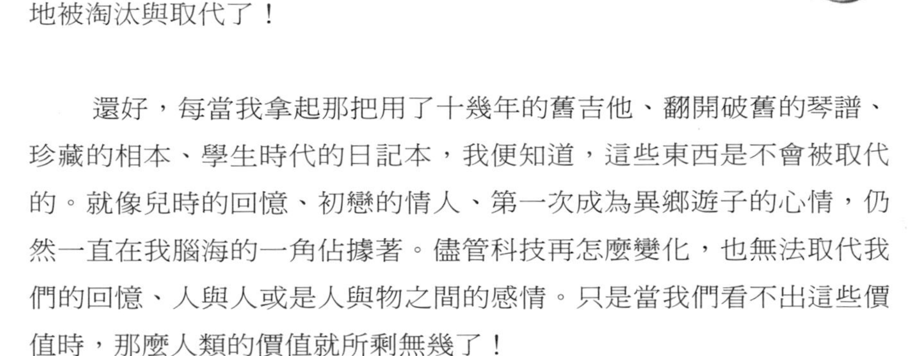

還好，每當我拿起那把用了十幾年的舊吉他、翻開破舊的琴譜、珍藏的相本、學生時代的日記本，我便知道，這些東西是不會被取代的。就像兒時的回憶、初戀的情人、第一次成為異鄉遊子的心情，仍然一直在我腦海的一角佔據著。儘管科技再怎麼變化，也無法取代我們的回憶、人與人或是人與物之間的感情。只是當我們看不出這些價值時，那麼人類的價值就所剩無幾了！

科技時代快速的變化，常會令現代人在紛擾的人群與五花八門的世界中迷失自我，因為我們總是跟著流行在跑，似乎覺得手上的東西是不值錢的。看不見自己的價值，最後往往拋棄手中所擁有的，追求那遙不可及的欲望與目標。

追求流行並不是一件壞事，至少這是一種生活的經歷與點綴，就好像沒有喝過令人嘔吐的自動販賣機咖啡，就不會期待在一個秋日的午後，懷著興奮的心情到星巴克去喝一杯香濃的拿鐵。然而在流行的背後，在追求之後，是否可以看出一種趨勢？我想這需要智慧與高瞻遠矚的眼光！商場上、政治上、科技上、人生中都是如此。然而要能創造流行，是需要創意與執著的勇氣吧！雖然好的創意是千金難求的，但創意絕不是天才的權利，都存在你我的大腦之中。只是創意是一種不易被激動的元素，需要一點環境的刺激與時間的雕琢，只要你願意去思考，願意去學習新東西，發揮想像，那麼誰也不能說，你不會是下一位改變歷史的創意大師呢！

當哈利碰上莎莉

要避免悲劇，就不能只懂黑與白

●●●●●

幾年前看過一部電影《當哈利碰上莎莉》(When Harry meets Sally)，故事是說在一次搭便車的旅途中，男女主角之間不歡愉的相識所展開的一連串有趣故事。由於兩人對性觀念有所偏差，所以一見面便起了爭執。哈利認為男女之間的交往，無非是為了性，沒所謂的「純友誼」，因此主觀地認為所有的男人皆如此；然而莎莉的想法卻完全背道而馳。兩人就在這一爭一吵下到達了目的地，最後不歡而散，分道揚鑣。但兩人的故事並沒因此結束，五年後，兩人又再度相見。此時哈利要結婚，莎莉也有親暱的男友，只有互道恭喜就又分開了。又過了五年，兩人的際遇就不同了！哈利與老婆離婚，莎莉和男友告吹，兩人都正處於愛情的空窗期，於是擦出「純友誼」的火花，變得無所不談，甚至談論及彼此的性生活。雖然在這之間發生了不少事，有摩擦也有成長，然而莎莉不再堅持己見，哈利也相信男女之間的相處真的有所謂的「純友誼」，只不過兩人最後還是踰越了純友誼的界線，走進了結婚禮堂。

這不禁讓我想起男女之間本來就蘊藏著許多微妙的感覺，有時彼此充滿了好奇、有時會幻想，可是有很多時候，彼此會有天南地北的想法或偏見。其實人與人之間也是如此，對事情的觀感與想法，往往因時因地都不盡相同。如果沒有良好的溝通與交流，就容易發生許多問題與摩擦，雖沒有絕對的對與錯，可是只要一方堅持己見、固執與不願改變，事情就很難得到圓滿的解決。其實在日常生活中，很多人也常常固執己見，認為自己的想法與觀念是正確的，聽不進父母或長輩們的叮嚀；或者將朋友、親人的忠告嗤之以鼻，甚至狂妄自大地認為自己的想法與做法最聰明。可是一旦將自己的相法與觀念固定，不再反省與思考，人生就會產生許多悲劇。

電腦的世界也是如此，因為電腦的語言是一種二進位的模式，既單純又無變化，更不會產生任何化學反應，因此不相容的系統如果不

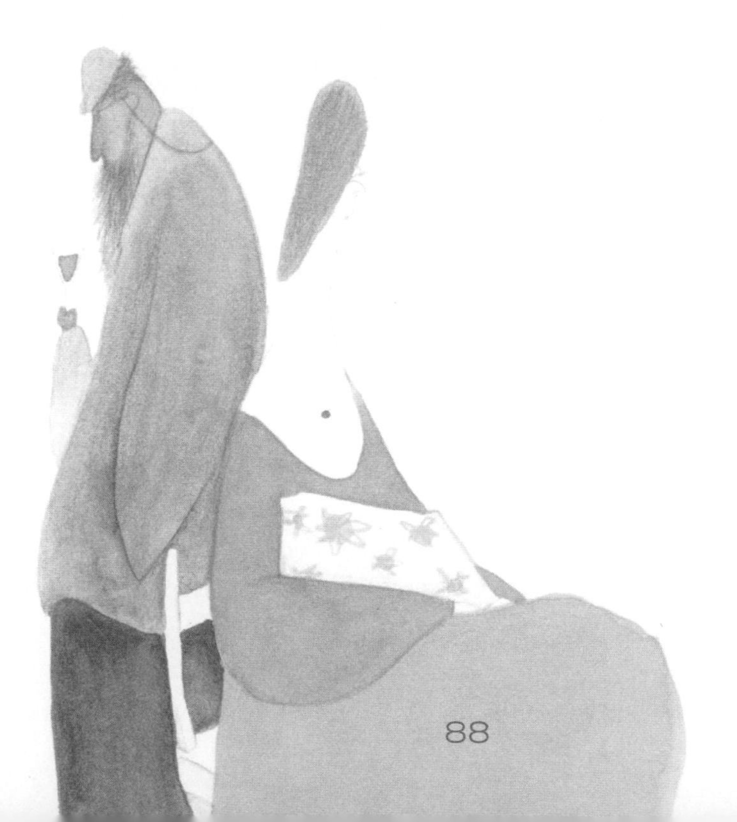

修改程式，它就永遠也不會相容。就像使用私人的電腦帳戶，一定得輸入正確密碼不可，如果輸入錯誤，就不會有正確的結果。其實，很多人都不了解電腦，那是因為他們總是用自己的思考邏輯和語言，企圖和電腦溝通，可是往往不得其門而入。有時人與人之間又何嘗不是如此？是否我們都只用一種固定的語言或思考模式與別人溝通？是否我們的想法總是墨守成規，沒有創意？是否我們曾經放下身段，試著去了解對方的想法或所要傳達的訊息？如果我們的思考總像電腦一樣不是0就是1，或只有黑與白、左與右這種二維式的思考方式，那我們的人生恐怕就只能創造出一個單調、平面的黑白圖畫了！

法國文豪雨果在其著名的劇本《克倫威爾》（Cromwell）中曾提到：「醜就在美的旁邊，畸形依靠著優美，庸俗藏在崇高的背後，惡與善並存，黑暗與光明相共。」所以人生其實是豐富與多變化的，很多事情都是喜樂與憂愁相伴，好壞參雜在一起，而我們往往都太過執著於一個固定的想法，使得自己總是跳脫不出世俗的框架。

其實，人生要過得精采、活得自在，創造出一幅有層次與立體感的真實彩繪，絕對要跳脫出二維式的思考模式，並向多元與多維的方向發展與學習，那麼我們才會發現，原來黑白之間還有灰色、淡灰色、深灰色、黑灰色；左與右之間，還有前與後、上與下、四十五度與一百三十五度的不同。也只有如此超越了二維的思考模式，才能創造出更豐富與真實的人生。

口不擇言，容易壞了大事

三思而後言，否則多言必失

有一隻烏龜，對於自己只能在路地上爬行感到厭倦，所以每次看到天上的飛鳥可以在天空中自由自在地翱翔就非常羨慕，於是向兩隻野鴨透露了自己心中的願望。

野鴨對烏龜說：「你那麼笨重，又沒有翅膀，怎麼可能飛上天空呢？」

烏龜想了一個絕妙的辦法，並對野鴨說：「我在嘴裡含著一根木棍，你們只要各自叼著棍子的一端，用力往天上飛就可以啦！」

烏龜靠著野鴨的幫助，就這樣輕鬆地飛上了天。看到烏龜在天上飛行，人們都感到很驚訝。

「真是奇蹟！」大家嚷著說：「快來看啊！這隻笨烏龜居然在空中飛行呢！」

「我才不是笨烏龜呢！這聰明的辦法可是我想出來的，你們別想來嘲笑我。」

烏龜如果閉著嘴巴繼續飛行，什麼事情也不會發生，然而，烏龜忍受不了人們對牠的嘲笑，理直氣壯地加以反駁，結果剛一張口，就從空中跌下來，當場摔得粉身碎骨，一命嗚呼了！

看完這個故事，腦海中浮現立法院吵鬧打架的畫面，大家常常為了一點意見不合或誤會，就大打出手，最後鬧得不歡而散。如此，也常常模糊了問題的焦點。其實，人與人之間的相處，難免會有爭執與誤會，然而真正有智慧的人，能夠在被誤會或遭受屈辱時，仍然保持清醒，懂得沉默與「忍一時之氣」，並知道「退一步，反而海闊天空」。所謂「清者自清，濁者自濁」，一味地反駁與辯解，有時反而會讓自己陷入爭執的漩渦中，終究得不償失。

沉默是一種忍耐的哲學，但這種忍耐並不是懦弱，也不是對外在環境的完全忽略，而是一種內在心境的訓練，能夠完全自我控制「有所言，有所不言」。孔子說：「小不忍則亂大謀。」如果一點小事都不能容忍，脾氣一來，口不擇言，恣意地說出心中的不滿與憤慨，那就容易壞了大事。

所以平時待人處世，應該要多學習容忍之心，懂得包容別人無心之錯、無心之言，甚至對於自己所仇恨之人，放下仇恨，有所包容。若能如此，自然能因心胸之廣大，得到人助天助。也不會因為與人之怨恨，無法容忍他人、排擠他人或嫉妒他人，最後讓自己走向孤獨，步向絕境。所謂「山高豈礙白雲飛，竹密何妨流水過。」能容忍一切，必然能逢凶化吉，遇困難也都能迎刃而解。很多人在政治、商場上爭權奪利，爾虞我詐，唯利是圖，可是往往人世之間的因緣禍福，早已是天注定的，人算總不如天算，弄到最後，可能白忙一場！

以下另外一個故事對平時做人處世、謹言慎行有很好的啟示：

從前有一位大王，平時說話時，往往無意間會將一些重大的機密事情洩漏了出去，使得周密的計畫往往不能實施，因此大臣們對此很傷腦筋。

大王身邊有一位叫堂谿公的聰明人，自告奮勇到大王那裡去並對他說：「有一只玉做的酒器，價值千金，它的中間是空的，沒有底，能盛水嗎？」

大王說：「當然不能。」

堂谿公又說：「有一個瓦罐子很不值錢，但它不漏，你看它能盛酒嗎？」

大王說：「當然可以。」

於是，堂谿公接著說：「這就對了，一個瓦罐子，雖然值不了幾文錢，但因為它不漏，就可以用來裝酒；而一個玉做的酒器，儘管它很貴重，由於它空而無底，最後連水都裝不了。人也是一樣，身為一個地位至尊、舉止至重的國君，如果不能謹慎地注意自己的言語，經常洩漏國家機密的話，就好像一件沒有底的玉器，即使再有才幹，身分再尊貴，也終究無法成就什麼事業與謀略。」一番話說得大王恍然大悟，從此以後大王也更加注意自己的言行了！

其實，說話是很重要的涵養，真正有智慧的人，能適時、適度地表達自己的看法，「三思而後言」，而不會隨著別人的言語胡言亂語或阿諛奉承，失去自己的人格與尊嚴。老天爺給我們兩隻眼，兩隻耳朵，只有一張口，就是要我們多看多聽少說。不應說話的時候，就要忍住，保持沉默，非禮勿言。對於道聽途說的謠言，如果未經證實，更應避而不談，否則多言必失，反而讓自己遭受無妄之災。

胡椒與鹽巴

生活謹慎小心，人生才能處處順心

●●●●●

在美國讀書的時候，記得剛搬到房東太太家住，每次煮菜，常常錯把胡椒當鹽巴，或把鹽巴當胡椒，因為房東太太將胡椒和鹽巴放在外表看起來一樣的兩個小瓶罐裡，每次煮菜總是會拿錯瓶子，弄得菜味全變。後來有一次我和房東太太閒聊，便告訴她自己常拿錯罐子的事，房東太太聽了哈哈大笑，便說：「請您再把兩個瓶子拿起來比較一下吧！」

後來拿起了這兩個瓶子仔細地看了一下，才發現兩個瓶子外表雖然一樣，但有一個地方卻是不一樣的，裝胡椒的瓶子上有二個小孔，而裝鹽巴的瓶子卻有三個小孔。

房東太太告訴我說：「這樣設計是有原因的，因為一般煮菜多多少少都要放點鹽巴，用鹽的機會比用胡椒的機會多，因此用三個孔的罐子來裝鹽巴，用兩個孔的罐子來裝胡椒。」經過她解釋後，我在煮菜時便會記得，三個孔的罐子裝的是鹽巴，而二個孔的罐子裝的是胡椒。

當初常常弄錯，其實是自己不留心、沒有仔細思考所造成的。然而在人生中，生活中的點點滴滴又何嘗不是如此呢？常常有時候自己

的不注意、疏忽，就很容易犯下大錯，造成永遠無法彌補的缺憾。出國念書前，老爸臨行前對我說：「一人在外，須自己照顧自己，凡事三思而後行，多看多聽，少說，多做。」如今想來，真是字字珠璣。

人生的旅途中，難免會藏有許多潛在的危機與難題，要順利度過，就不能不小心謹慎！尤其像現在銀行盜領、恐嚇詐財、電話簡訊詐騙的社會陷阱層出不窮，如果平時生活處事不能仔細思考，不懂邏輯的推理能力，就會看到許多似是而非的論調、觀點，影響我們的工作、生活。可是往往一點小小的疏失、錯誤的想法或觀念，卻也可能造成嚴重的災害與損失。例如台灣每年在冬天，因為天氣寒冷，很多民眾往往會把門窗關得緊緊的，可是也因為這樣，常常造成許多人一氧化碳中毒死亡。如果生活中能注意到這些小細節，不要將熱水器具裝在密閉的室內，或至少在燃燒瓦斯的時候，打開窗戶，也許可以避免掉一些悲劇。可是很多人常常認為這沒什麼大不了，或認為自己不會這麼倒楣，而疏忽許多生活細節。但生活中的陷阱有時就會像地上的一攤水，如果以吊兒郎當或毫不在乎的態度，即使淺淺的一攤水，也可能讓我們栽個大筋斗，甚至濺起水花，連累許多無辜的朋友。

其實小心謹慎並不是一種口號，而是一種積極的生活態度，這種生活態度必須從日常生活做起，畢竟，「大事會改變小事，小事也會影響大事」。如果在生活中能多思考、多動腦、多注意生活瑣事的細微差異，自然能察顏觀色，「見人所未見之事，聽人所未聽之言」。否則，人生有時難免像一球纏在一起的線團，如果只是一味地使勁拉扯，只會讓纏繞在一起的線繩愈扯愈緊。但是如果可以用耐心的態度，從不同角度切入，仔細觀察待人處世的圓融智慧，就能抽絲剝繭，化繁為簡。

人生要能順心如意，其實並不難，只不過是「張大眼睛，多用心」罷了！

第四道彩虹——情感

人生可長可短，有歡喜有悲傷，

然而只有當我們注入了熱愛生命的情感，

奮鬥不懈，

人生才會綻放出亮麗的光芒。

彗星撞地球

多一點好奇心與愛心，人生才能多一點知性與感性

●●●●●

曾經有一部科幻電影《彗星撞地球》（Deep Impact），故事是說一位科學家無意間發現了一顆彗星，而且在一年內即將撞擊地球，並帶來致命性的毀滅。為了拯救地球，科學家們便組成了一個太空小組，希望能夠登上彗星，安置核子炸彈，藉以引爆彗星或是迫使彗星偏離軌道。然而這個艱巨任務，誰也無法預料最後是否能成功，於是在地球上的每一個人，面對即將到來的災禍，有些人開始反省生命的意義，也有些人想想既然來日不多了，不如今朝有酒今朝醉，於是開始大肆狂歡。後來人們試圖建造所謂的地下避難所，企圖躲過這場浩劫。但不管怎樣，面對未來的災難，大多數的人都試圖尋找自己最重要的東西。儘管這些故事都是虛構的，但卻也提供觀眾一種不一樣的思考題材，想想如果地球即將毀滅，面對死亡或大災難，你又會有什麼樣的反應與選擇呢？

據研究，科學家相信如果彗星撞上地球，其撞擊威力將有核子炸彈的數百萬倍，如果彗星的墜落點是在海洋，則會造成大洪水，世界主要的陸地與都市都將被海嘯摧毀。如果墜落點是在陸地上，那麼大爆炸所揚起的塵埃會與水蒸氣結合進入大氣層，形成厚雲層長期環繞地球並阻絕陽光。四個禮拜後，地表上的植物將缺乏陽光導致死亡；

大約兩個月後，地球生物圈將完全崩潰；只有極少數的生物可以繼續存活。科學家也相信，地球曾經多次遭受巨大隕石之撞擊，並因而產生大變動。雖然彗星撞擊地球的機率很小，但從地球上現有的隕石坑來看，彗星撞地球的可能性不是沒有。甚至很多考古學家也都相信，曾經活躍於地球上的恐龍，最後滅絕的原因，有可能是地球遭受到外來隕石撞擊的結果。

以上這些彗星撞地球的理論或隕石撞擊地球導致恐龍滅絕的理論，可以說充滿了許多科學研究的書籍、研究報告，甚至很多生物學、考古學的教科書，也都認為地球曾經被巨大的隕石撞擊過。然而最近有一些科學家卻提出了不一樣的看法，他們認為巨大彗星或是隕石撞擊地球的可能性極低。原因是太陽系中有一個巨星，那就是木星，質量約有地球的三百一十八倍，具有極為強大的引力。美國華盛頓的卡內基研究所用電腦進行模擬試驗的結果，認為木星的強大吸引力是地球的一個天然屏障，如果太陽系沒有木星存在，或木星存在的位置在地球的軌道內，那麼地球可能現在都不會有人類的存在。科學家估計，地球遭受巨大隕石或彗星外力撞擊的可能性，大約每十萬年一次，如果沒有木星這道屏障，可能地球平均每一百年就有可能會遭受巨型隕石的轟擊，如此地球上的生態環境將與現在的情況大為不同。

如一九九三年發生的彗星撞擊木星事件，對當時天文科學界產生相當大的震撼。這顆彗星，直徑大約十公里，質量約五千億噸。科學家推測，這顆彗星在十幾年前闖入太陽系時，就被木星強大的引力所吸引，成了木星的一顆衛星。到了一九九二年，彗星接近木星最近點時，才被強大的木星引力撕成二十一塊碎片，然後分別撞擊木星，產生了許多巨大的火球與電磁波。讓遠在幾千萬公里外的地球都能感受到它的震撼。

儘管彗星是否曾經撞上過地球，或恐龍到底是什麼原因而最後滅絕的，目前科學家也沒有一個明確的結論。但是可以相信的是，宇宙太空之中絕對充滿了許多不可思議的奧秘。而這些奧妙，恐怕對現今自認科學發達的人類來說也是鳳毛麟角吧！而對平日不關心天象的人來說，管它什麼彗星撞地球，或天上有什麼星星，只要自己的口袋或荷包能飽飽就好。這種不理性或他人之事與我無關的自私心態，或許正是現代人的一種生活病態，而且病得無藥可救。其實，宇宙並非萬古如斯，永遠不變，天上不僅是有東西，而且還會影響著全世界呢！

雖然了解彗星會不會撞地球，對人生並沒有什麼直接的影響，然而人生不就是因為多了一點知識，多了一點變化，而更有趣更美麗嗎？否則躺在床上與走在路上，吃飯與睡覺又何嘗不是無聊與無趣的。

人生要充滿知識與感性並不難，只不過是對事物多一點好奇心，對人多一點關心與愛心而已吧！

字怎麼變醜了？

人生雖然不長，回憶卻是美麗

前幾天太太看到我在字條上寫的字，便嘲弄我說，你寫的字真難看！我聽了想想，或許是愈來愈少動筆寫字的關係吧！這些年來寫作的心得與感想，都儲存在電腦的硬碟中，因為這樣修修改改比較方便。但不再用筆寫字後，電腦無法完整記錄自己思路的歷程與演變，我將檔案打開，永遠都是最後儲存的結果，或許千思萬想的一點心得與感想，往往在自己的不經意下，隨著電腦Delete 鍵，就消失得無影無蹤。不像早年在稿紙或筆記本上寫稿，雖然塗塗改改，可是所有的思考過程與想法也就完整保留下來。可以看到被塗掉的字句、幼稚的想法或觀念，也可以慢慢地回味自己思想成長的滋味與心路歷程。

前幾天回老家，找到幾本高中時代一直捨不得丟掉的筆記本。因為當我拿起這幾本筆記本時，高中時代補課考試、聯考升學壓力，還有老師生動的解說、上課的點點滴滴，彷彿又歷歷在眼前，我想這種回憶是珍貴的吧！因為我不可能再回到從前，更不可能再當一次高中生，然而自己卻慶幸留下了珍貴的回憶。雖然有些事情已經完全記不得了，可是這種有選擇的記憶也是一種美吧！不像現在的電腦，透過數位攝影技術，雖然可以完整地保留過去的生活紀錄，可是太完整地保留，有時又感覺太沉重。記得結婚前，有一次到朋友家看他們結婚的錄影，算是見習一下朋友的婚禮吧！然而看著看著，朋友的太太與小姨子都哭紅了眼，原來他們的父親已經往生了！可是錄影帶的一景一幕，都太真實與清楚了，讓她們觸景傷情，不禁流下淚來。

人生雖然不長，可是對於過去，宛如隔層薄紗看美女，總會令人產生許多遐想。回憶之所以美麗，是因為它好像有一層特殊的濾鏡，所以看起來更有意思。人生很多事情忘記了，或許也是一件好事吧！如果每一件事都像電腦記憶體一樣，可以把資料完整地保留下來，那也是很痛苦的。所以有不少人，常因為年少成長或家庭的不愉快記憶，讓他們活在痛苦的深淵裡，無法自拔。如果人生對於痛苦、仇恨，可以像電腦一樣，按下一個指令，全部清除，人世間會多出很多和諧吧！只可惜，人生正好相反，愈是想忘掉的東西，往往甩都甩不掉，而想要牢記在心的公式與書本知識，往往睡了一覺就忘得一乾二淨了。

最近喜獲朋友送的一本精緻的筆記本，有詳盡的日曆與節慶記載，我打算重拾起筆，記錄著未來的點點滴滴。或許用筆寫下自己的心情與感受，與使用數位式的V8拍攝生活點滴相比，更能刺激自己對生活的體驗與思考吧。很多人常常拍攝了許多V8影片，可是真正拿出來回味與仔細觀賞的次數卻很少，或許這也是現代人的宿命吧！每天過著忙碌的生活，汲汲營營地追求著未來，然而面對生活，面對過去，卻缺乏一種深切的反省與思考。V8可以拍下我們花樣的年華與外表，生活中的人物與活動歡笑，可是完全拍不到我們腦袋中那一丁點兒的想法。有時候看看自己過去的生活縮影，竟完全想不起來當時的感受與心情，這種飄浮在空中、無法接續連貫的感覺，就像不小心喝了一杯水，才驚覺發現這杯水好像不太乾淨一樣。想想看，多少日子以來，我們是否總覺得自己不是自己生活的主宰，日子總是那麼一成不變，再不然就是有太多的生活瑣事困擾著我們，每天忙進忙出，發生了許多事情，但可以掌控的事情卻少之又少。就像買了一台新的DVD 或數位電視產品一樣，若不看著說明書，照著指令操作，就別想使用它。我們也往往因為這些科技產品不能正常運作而束手無策，甚至氣得跳腳。可是在生氣之後，除了看看產品是否仍在保固期內，也只能準備丟到垃圾桶囉！

數位科技時代，是0與1的記錄，雖然它是那麼地便利快速，精密與準確，可是它卻無法記下任何大腦變化的化學反應。然而簡單的一枝筆，只要帶著它，隨時隨地，心情與感受，便可完完全全地寫下來，就像細細咀嚼一塊美味的起司蛋糕再配上一杯香醇的花茶，才是一件幸福與高雅的享受吧！

美感源自於天性

美和自然一樣豐富多彩

法國浪漫派雕刻家羅丹在《藝術論》中曾提到：「所謂的大師是這樣的人：他們用自己的眼睛去看別人看過的東西，在別人司空見慣的東西上發現美。」所以美的感覺是一種心境的作用，同樣的東西在不同的人眼中，有不同的感受。

藝術與美這兩者所牽涉的層面很廣，首先什麼是美？每個人的標準與定義都不太一樣，所以這又牽涉到美學的觀點，而美學的根據與理論，多半由心理學與哲學的觀點來歸納與結論。拋開心理學或是哲學的觀點，人們對於審美的觀念是源自於天性的。比如說才二、三歲的小孩，在幼小的心靈中，對美感開始萌芽，小朋友看到可愛的小貓咪會想去摸摸牠，與牠玩耍，可是如果看到凶神惡煞的大型獵犬，往往會被嚇得又哭又叫。人在成長的過程中，對美醜的觀點多半來自於天性，雖然也有很多是後天與環境所造成的，可是那是屬於文化性的作用。例如泰國北部有一個長頸族，族裡的女人喜歡用銅環套在自己脖子上，套得愈多的女生，便被認為愈有身價也是最美的；在中國古代，認為婦女「三寸金蓮」的小腳才是美，也是由於人為的政治因素與環境文化所造成的。但不自然的東西，便不會長久，若以現代的眼光來看小腳的美，恐怕會被認為是一種變態與畸形吧。

所以英國的作家法蘭西斯・培根說：「美即真，真即美。」大詩人歌德也說：「美其實是一種本原現象，它本身雖然從來不出現，但它反映在創造精神的無數不同的表現中，都是可以目睹的，它和自然一樣豐富多彩。」因此美是一種自然的表現，是一種純真，如果按照這標準，藝術與美，其實界限不那麼明顯。因為真正好的藝術就是求真、求美的創作，不過我們今天所談論的藝術，多是指人為的創作，要達到美的標準，就不容易了。

多少人努力奮鬥了一生，也只能成為一個工匠或是一個專家，能真正被世人與後代人們所推崇與敬仰的偉大藝術家，屈指可數。原因只有一個，人往往在追求藝術的同時，並未真正體會出自然的美，在物欲與世俗的影響下，藝術在很多時候，只是一個虛而不實的象徵。一旦與世俗牽扯在一塊，原本要追求自然、求真求美的動力與方向就喪失了，所以美國作家惠斯勒感慨地說：「藝術可遇不可求，它不會因為你是平民而對你視若無睹，也不會因為你是王公而對你另眼相看。天時未到，即使是最睿智的人也不能使藝術品誕生。」

機器狗愛寶

智慧需由經驗累積，但無法由科學創造

日本新力公司於一九九三年開始研發一種機器狗愛寶（AIBO），是一種人工智慧機器。雖然它只是一隻玩具狗，但是二〇〇〇年在日本一上市，雖然定價二十五萬日圓，三千多隻立刻銷售一空。後來愛寶不僅風靡日本，也發展到了亞洲，並且轟動歐美。美國《商業週刊》描繪的「二十一世紀CEO」，就是手持著掌上型電腦，腳下還跟著一隻愛寶。

諷刺的是，這台造價昂貴的機器狗愛寶，價格是一隻真狗的好幾十倍，可是這隻機器狗，無法辨識主人，也不會看門，充其量只不過是一個價格昂貴可以活動自如的玩具罷了！然而大家卻瘋狂搶購，還有不少父母買來陪伴自己的小孩遊戲。更令人好奇的是，讓幼小的兒童在人格基礎尚未健全之時，就與這些似狗非狗的機器玩具在一起，會不會產生什麼奇怪的影響呢？

許多人或多或少都有飼養寵物的經驗吧！人與寵物之間的感情，可以說是人類最原始、最純真的一種情感。一個人飼養了寵物，人與寵物之間的關愛是最無私也最單純的，不過現在養了一隻不懂情感的機器狗，這對這些幼小兒童的心靈，是一種無情的傷害。因為機器狗並不會像人一樣產生感情，一個還不太了解生命意義的小孩，在面對一個沒有生命的機器時，小孩終將會發現這隻狗是沒有感情的，不懂得喜歡自己。而最後卻只學到了一些死板板的口令與動作。我想現代都市小孩的悲哀，就在於連玩具都是一堆生硬死板的電動機器，相較於我們年少成長的時代，我想我們太幸運了。

記得很小的時候，我第一次所擁有的寵物是可愛的蠶寶寶，年紀稍長，家裡養了一隻土狗，其他像小鳥、兔子、土撥鼠，各種寵物也都有養過。然而在與寵物相處的經驗中，我們才慢慢了解生命的可貴，懂得付出關愛、培養責任感與同情心，知道生老病死的生命常態。然而現在的都市小孩，多半與機器玩具一起做伴，看著電視機，玩電視遊樂器，難怪這些小孩長大後，容易對人冷漠無情，對許多生活周遭的事情也都毫不關心。其他像暴力、吸毒、犯罪各種的社會問題就會層出不窮了！

其實機器人或機器狗有沒有人工智慧並不重要，最重要的是人類如何掌握人類自己。因為機器人若依照人類的模式來製造，它必須要有私心，否則它可能很博愛，不懂得保護自己；可是要它沒有私心，那麼它可能很愚蠢，不懂得求進步、求突破；要它很聰明，那麼它也可能很詭詐；叫它有感情，那麼它可能會很憂鬱，也可能會妒忌。相反地，若要機器人受限於人的掌握，那麼這個機器終將是一部人工的機器，沒有生命、沒有熱烈的情感，一切都是在指定與命令下發展出來的，完全沒有自主與自發的創造性，那麼「人工智慧」又如何稱得上「智慧」？人類的文化發展了好幾千年，到現在也都沒有一種十全十美的思想或是制度可以帶領人類脫離苦難、戰爭、飢餓，人與人之間還是充滿了各種的苦毒、怨恨、猜忌、仇恨等等複雜的情緒與情感。我想人工智慧機器人，要真正能夠發展出智慧，人類得先想想要依據誰的藍圖來設計？如果這個藍圖有瑕疵，機器人恐怕就有發生錯亂與失常的可能，最後像電影《魔鬼終結者》的劇情，便很有可能發生。可能未來有一天人類的共同敵人，不是所謂的外星人，而是人類自己所製造出來有瑕疵的機器人吧！

愛情與藝術

美麗的人生，總少不了愛情的點綴

談起愛情，古今中外的騷人墨客，鮮少有人不曾談論它。我特別喜歡莎士比亞對愛情下的註解：「愛情是一朵生長在懸崖峭壁的花，要想摘它必須要有勇氣。」的確，沒有勇氣，就只能遠遠地看著它，看它枯萎與凋零，任憑風雨吹打。不過人生如果沒有經歷過愛情的滋潤，想必是苦澀與平淡的，所以法國的詩人雨果說：「生命是一朵花，而愛情才是花蜜。」

不過面對愛情，多數的人總是害怕受傷，就像面對美麗的玫瑰花，深怕一個不小心就被刺傷了，然而太過平順，或是不曾受傷的愛情，又怎會讓人刻骨銘心呢？

其實，受傷是成長必經的過程，人生真正的成長往往來自受傷的啟示。回想自己從小到大，或許沒有經歷過太多的動亂與不安，常常會分不清楚如何對人，所以有時真心誠意對人，反而使自己受傷。現在想想，當時會受傷，都是自己太過單純，不懂得保護自己的緣故，如果當時沒有受傷，也許就不會是今日的我，更不會成長。在生命的成長過程中，誰不曾經歷過挫折與失敗，沒有經歷過一點挫折或失敗的人，又如何在生命中成長與茁壯呢？

也有些人，談戀愛總是害怕受傷，於是將自我的心靈深鎖，不容人侵犯，對人對事都毫不關心，如此雖然不會受傷，卻也沒有成長。其實，人生不應該害怕受傷，這是生命成長中的一個過程，而且受傷往往是我自己造成的，總是太過在乎別人對自己的看法，為別人無心的話而受傷，這是相當不值得的。只有胸襟開朗、謙卑，懂得尊重別人，能承認自己錯誤的人，才是不會受傷的人。即使受了傷，也不會怨天尤人，更能從受傷的過程中，學習到更多的人生啟示！

愛情與藝術從某一個角度來看很類似，它們都有一個可遇不可求的共同特性，而且是無價的。藝術是時間與生活經驗的淬煉，需要透過藝術家們的創造與想像；愛情則是男女感情的昇華，需要時間與情感的培養，它們都需要機會與環境的配合。蘇東坡要是沒有登上廬山，不見雲霧飄渺於群山側嶺之間，又怎會寫出「不識廬山真面目，只緣身在此山中」的詩句，祝英台要是沒有在錢塘道上巧遇梁山伯一同入學堂讀書，也不會留給後人這麼淒美的愛情故事。

世人對藝術家們總有偏見，認為他們風流成性，其實這是誤解，因為藝術家們容易真情流露，他們不拘小節，對人生懷有崇高的理想，所以總能夠擄獲異性的青睞，吸引眾人的目光。然而大多數的藝術家們，往往是不擅於談情說愛的，愛情對他們來說，有時就像在夏天夜裡劃過天空的流星一樣，總是令人充滿了期待與想像，雖然和閃爍的點點星光相比，充滿了更多的變化與色彩，然而其短暫的光亮，總也是令人感嘆與惋惜的！

為人所熟知的布拉姆斯搖籃曲，據說是為了他所暗戀的女合唱團團員的兒子生日所寫的，可是布拉姆斯終其一生都不曾與這位團員談過戀愛，甚至後來他也不曾結婚。偉大的鋼琴家李斯特在他二十二歲時，認識了一位比她大六歲的女伯爵，並與她一起私奔；然而這段轟轟烈烈的愛情卻只維持了六年就告分離。其他像蕭邦、貝多芬、舒伯特，還有許許多多的藝術家們，他們的愛情也多半坎坷崎嶇，這多少與藝術家們的性格有關，因為他們對於愛情就像對於藝術一樣，過於熱切、過於執著，有時卻又太過純真，因而使人難以呼吸，雖然在熱戀的時候，綻放出無比的光芒，可惜太強烈的陽光往往也會把人灼傷，或許這就是藝術家們愛情的宿命吧！

帶刺的玫瑰花

愛情是增添人生色彩的美麗顏料

●●●●●

當兵的時候，因為是園藝系畢業的，所以在偶然的機會中，被上校指揮官調去司令部管理營區的花園。花園雖然不是很大，卻種滿了各式品種的玫瑰花，有十姐妹、千禧紅、火紅玫瑰、紫玫瑰、黃色的香水玫瑰，還有一種頗為珍貴的紫黑玫瑰。剛接任這個工作的時候，對玫瑰花的栽種並不內行，常常被指揮官叫去訓誡。

後來請教過老士官長，他才告訴我許多訣竅，其中最重要的三件事就是修剪枝葉、鬆土與施肥。他說：「玫瑰花因為一年四季都可以開花，所以要施很多的肥料，但是，也不可以一次施太多的肥，否則反而會枯萎。此外，也要常常修剪多餘的枝葉，減少不必要的養分浪費，當花苞發出來的時候，還要適時地剔除一些先天不良的花苞。鬆土，更是一天也不可少。」當時覺得相當納悶，以前在唸書的時候，雖然了解種花要鬆土，是為了讓根部可以有流通的空氣呼吸，可是從沒聽說過，要天天鬆土的。老士官長笑笑說：「花草樹木，其實和人一樣，你對它愈好，它對你的回報就愈多，我們每天辛勤地鬆土，玫瑰花的根部，才會發展得好，就像人一樣，如果每天都能保持好心情，做什麼事也都會得心應手，輕鬆自如的。」

玫瑰花有很多種顏色品種，就像愛情一樣，多彩繽紛，千變萬化。但是多數的玫瑰花都有刺，就好像所有的愛情都是要付出代價的，如果想要把一朵美麗的玫瑰花摘回家，那麼一定要有被刺傷的心理準備，如果總是怕被刺傷，就永遠都摘不到美麗的玫瑰花。

玫瑰花雖然美麗，也總是會凋謝的，只有真正懂得欣賞玫瑰花的人，才能細細品味那淡淡的花香，把握住玫瑰花盛開時的美。有時候，玫瑰花留在枝頭上，比插在家裡的花瓶中還要持久，還要芬芳。就像愛情一樣，得不到的永遠比得到的要好、要美。人生有很多事情，也是如此，有些事情不知道或許比知道要來得好，未曾擁有或許比曾經擁有來得幸福，畢竟，人生空空來，空空地離去，擁有的愈多，所付出的責任與代價愈多，將來可能失去的也愈多。

或許有人會認為這樣的想法太消極了，人常常就是因為想要的東西太多，總是不知足，所以人生也常常不快樂；也往往由於貪念，不能滿足於自己所擁有的。有了財富，就會想要擁有名望地位，但是往往我們擁有的東西愈多，煩惱也愈多。多一分擁有，就多一分承擔，有了名貴的跑

車，不但要負擔昂貴的保險費，還得時時上鎖，擔心被偷、被搶或被撞壞；有了漂亮的女朋友，就得時時擔心被別人搶走。其實人生有很多東西是命中所注定的，生命中該擁有什麼，皆有定數，貪求而來的東西，終究會失去。

就像情人節，有情人的人，花足了心思想要如何過？要送什麼禮？要上哪家餐廳吃大餐？沒情人的時候，面對同事朋友的詢問，又得毫不在乎地說：「沒心情，沒空。」人生總是充滿矛盾與困惑的。面對愛情，又有幾個人能收放自如呢？

愛情有時候的確是會讓人愚蠢的，失戀才會使人變聰明；擁有是一種包袱，失去也是一種解脫，幸福只在乎一心，也許是一剎那的感覺，但卻可以永恆。年輕時談起愛情，總覺得就像是天上飄來的一片雲彩，常讓人有飄飄然的感覺，充滿了虛幻，像置身於雲霧之中，總是看不清自己，也看不清對方，而雲霧終究躲不過烈日當頭，會煙消雲散。但生命的光彩，就在於有藍天白雲，藍天少了白雲，就會平淡無奇；白雲少了藍天，那也是黯淡無光的。

人生其實可以是一幅景致盎然的彩畫，而我們就是執筆的畫家，不需要很多的色彩，但顏色卻可以千變萬化；不需要很大的畫框，可是視野卻可以無限寬廣！愛情，就像增添生活色彩的各色顏料，有了它，人生才會多采多姿！

心結

放下心中的執著，人生將會更豐富

有一次遇到一位女孩，談到她的一段傷心往事，她說三年多前交往了一個男友，後來男友向她求婚，她拒絕了，兩人也因此分手，可是分手後不到半年，男友就和別人結婚了。這對她打擊很大，受傷很深，覺得男友欺騙了她。她曾問過男友，是否是在分手後才認識那個女孩，可是男友卻不給她任何答案，後來她不敢再輕易地談感情，朋友要介紹她認識新的男友，她也拒絕了，以至於現在三十歲了，面對婚姻感情，依舊又期待又害怕受傷害。

聽了她的故事很同情她的遭遇，但也感觸很深，張曼娟說過：「愛情是握不住的，只有小心捧持著，若一定要流逝而去，也只有隨緣聚散。」容易說卻難做，放不下，恐怕是很多人面對感情都會遭遇到的問題，之所以放不下，是因為它也得來不易，無法用一種固定的標準去衡量。

每個人心中都有把尺，如果這把尺一旦和戀人的差距很大的時候，愛情就會打結。這個心結有時是掛在自己身上的，有時是掛在對方身上的，但不管怎樣，心結易結難解，但一定得靠自己，旁人是無法幫上太多忙的。解開心結的方法很簡單，「放下」是最好的方法。

「放下」，可能會受傷，可能會有失落感，但這樣才會成長，才會增加智慧。就像那美麗的玫瑰花，想要去摘它，一定要有被刺傷的準備，就算被刺傷，留下了疤痕，這疤痕也是刻骨銘心的，刻骨銘心的愛情是無價的，可遇不可求。很多人終其一生庸庸碌碌，結婚生子，可是問他是否快樂，是否就是要這樣的人生，答案大都是否定的，因為大多數的人總是在擁有之後，才發覺所擁有的不是他真正想要的，但問他想要的是什麼的時候，恐怕他也沒有清楚的答案。

人生就是如此，很多事情會來得很突然、很匆促，無法掌控，也無法去改變，但我們要用智慧才能好好地去選擇、適應，創造一個圓滿的人生。其實人生要面對的就是不斷的選擇，選擇可能會有好有壞，但人生沒有絕對的好與壞，好與壞都是我們心中的那把尺去衡量的，如果那把尺是固定的，人生也許會走得很辛苦，但是如果這把尺是把伸縮自如的尺，不執著於固定的標準去衡量事情，而能站在不同的角度去看人生，就可以看得更遠，看得更清楚，如此人生才能知足常樂，適情恬淡，無所求，自然也無所失了吧！

當我們愛一個人的時候，應該問自己待對方夠不夠好？不要希望對方要用對等的方式來回報自己，能夠無所求，欣賞對方的優點，敞開胸懷地接受對方的缺點，這樣才能很坦然地面對自己，很坦然面對這段感情。不要恨對方不珍惜自己，也不要認為自己受了很多委屈，一切隨緣。重點是自己要快樂，要開心，要能夠彼此珍惜對方，懂對方。愛一個人，如果很痛苦，那麼這個愛並不是真愛，如果不是真愛，那就從心頭把它「放下」。放下，並不是完全不去想它，而是徹徹底底地不去計較結果，不去論得失，一旦下定決心把一段感情「放下」時，痛苦自然會消失了。

放下手中所握有的東西，才有機會去追求其他的人生之寶，這塊寶不一定是愛情，但或許是人生其他更重要的東西。

愛情像放風箏

天涯地角有窮時，只有相思無盡處

常常問自己，到底什麼是愛情，雖然沒有明確的答案，不過單身在美國度過了五年多的時間，深深覺得愛情、感情以及生活是無法一一劃上等號的，和一個人生活在一起，並不代表兩人相愛。即使深深地愛上了某個人，也不見得代表兩人可以生活在一起。愛情、感情，似乎是得劃上問號的，這個問號或許是放在自己身上，也或許是放在對方的身上，因為人總是無法掌握愛情，無法看清自己，也無法看清對方。面對愛情似乎總是剪不斷，理還亂。或許這也是愛情可貴之處。正如宋代詞人晏殊所說「無情不似多情苦，一寸還成千萬縷」，一語道破了人生面對愛情的困惑。

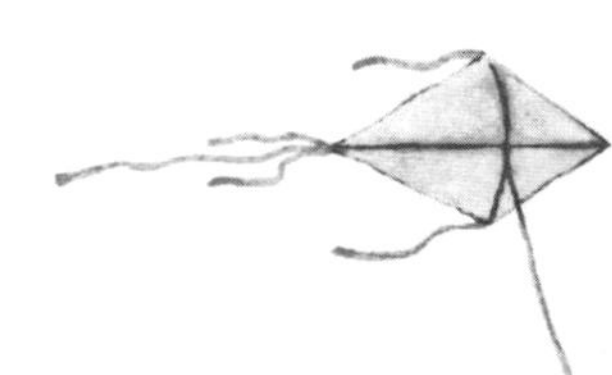

綠楊芳草長亭路，年少拋人容易去。
樓頭殘夢五更鐘，花底離愁三月雨。
無情不似多情苦，一寸還成千萬縷。
天涯地角有窮時，只有相思無盡處。

〈木蘭花〉，晏殊

愛情有時就像飄在空中的紙風箏一樣，由兩人所共同掌握，有時飛得高，有時飛得低。飛得太高可能會斷了線，飛得太低又怕會墜落於地。天晴無風的時候，得奮力拖著它往前跑；風大時，又得拉緊了繩，深怕一個不小心就飛走了。凝望著屬於兩人的風箏，瀟灑自在地在空中飛翔時，也許就是愛情最美的時候，仰著頭往上看，就能暫時忘卻了世間煩憂。可惜放風箏也會有累的時候，只要撒手一放，愛情的風箏便失去了平衡，若是即時回手，或許還能拉回那搖擺不安的風箏，當彼此都耗盡心力，無心去掌握的時候，飛得再好的風箏終究是要飄走的。

其實放風箏是要用「放」的，拉拉放放才可以飛得高、飛得穩，放累了就暫時收回來擺著，等到心情好的時候再去放。愛情也應該如此，一只風箏，好好的去珍惜，去保護，放得多了，經驗就愈豐富了，當然每次放風箏就可以飛得高、飛得穩了。

印象中，似乎已經很久很久沒有放風箏了，記得小時候，家後面有一個大操場，每到黃昏時刻，總可以從窗外看到許多在空中飛舞的紙風箏，那時候不流行人造的塑膠風箏，所以大部分的風箏都是紙做的，有著長長的尾巴，好像那紮著辮子的小姑娘。後來，也常拿常自己做的紙風箏到操場去放。那時太貪心了，總想要讓自己的風箏飛得最高，飛得最遠，所以總是飄走的多，收回的少。不過如果改天再要去放風箏，只要讓它飛得穩就好了，至少可以收回來，下次再放吧！

貝多芬的靈感

靈感像不易被激動的元素，但它總會產生化學變化

從事藝術創作工作的人，常被認為靈感是他們與生俱來的一個寶，而這塊寶卻不是他們可以隨心所欲去掌握的，所以法國作家丹納說：「靈感，是天才的女神。」而托爾斯泰說：「靈感是忽然出現了你能夠做到的事情。」我國晉朝的詩人陸機說：「有時意靜神王，佳句縱橫，若不可遏，宛如神助。」清朝作家朱光潛則說：「所謂的靈感，就是埋伏著的火藥遇到導火線而突然爆發。」因此對於靈感，古今中外，文藝家們都有不同的種種說法。

不過令人好奇的是，靈感到底是來自內心深處一種情緒激發，抑或是來自外界自然的一種物質波動所感受呢？比如說一位藝術家，見著了一位美女，心有所感，靈光一發，便畫下一幅曠世巨作；一位美女長髮飄逸，輕戲河畔，然而這美景與靈感到底是來自美女還是來自藝術家本身，這其實很難定論。

就像樂聖貝多芬，據說有一天，在路上散步，偶然聽見一陣琴聲從一棟破舊的房子傳出，而這首曲子正是他的作品。一會兒琴聲停止，只聽見二人談話，原來是兄妹二人，非常想聽貝多芬的音樂，為了沒錢買音樂會的入場券而感嘆。貝多芬聽了於心不忍，敲門進去，說明來意後，便坐到琴前，開始演奏，琴雖破舊，音樂卻美妙非凡，

兄妹二人聽得出神，一曲聽完，便要求再聽一首。

這時，忽然一陣風吹來，把燭光吹熄，皎白的月光從窗外投射到琴上，室內充滿了清幽的美景，貝多芬這時心中自然流出一首優美的樂曲，於是即興地在琴鍵上彈出一首動人的樂曲，描寫這富有詩意而又美麗動人的月夜景色。他彈完後，立即飛奔回家，把剛才彈奏的樂曲寫在樂譜上，這就是名留萬世，永垂不朽的《月光》奏鳴曲。

貝多芬如果沒有遇到那對兄妹，或是對周邊環境、人生事物的漠不關心，或許就不會有這首美麗動聽的《月光》奏鳴曲，或者貝多芬在路途上遇著了兩個兄弟在吵架，不知道又會譜出什麼樣的樂曲。其實靈感大多儲存於藝術家內在心靈的深處，只是它像一種不易被激動的元素，在遇到了特殊的狀況與環境時，激烈的化學變化就產生了。

就像唐代名詩人陳子昂，若是沒有登上那一望無際的幽州台，沒有一種夾雜著憂國憂民或是懷才不遇的複雜心情，又怎會寫下：「前不見古人，後不見來者；念天地之悠悠，獨愴然而悌下！」的不朽詩句。

雖然靈感對藝術家來說，似乎是最難掌握的東西，也必須建立在藝術家豐富的情感之下，靠著敏銳的觀察力，經歷人世間的滄桑，才能將腦海中的驚鴻一瞥，透過那宛如天上神仙般的超凡技藝，最後將世間毫不起眼的事物，昇華成為不朽的藝術作品，有時或許只是一塊朽木、一顆頑石、幾個音符。然而透過藝術家的想像與創造，卻能造就出千變萬化、五彩繽紛的絢麗世界。

在西方的神話中，認為藝術家是從天上偷了一些永恆的東西來到凡間，帶給人們美妙的感覺，他們也往往付出了很大的代價。所以很多藝術家在他們有限及短暫的生命中，總是充滿了戲劇性的悲劇。在歷史上，很多偉大的藝術家不是英年早逝，不然就是精神失常，最後以自殺來結束生命。今天我們如果有幸聽到一曲動人的樂章，看到一幅令人心胸開闊的油畫，或是品味一首雋永的短詩，欣賞一部感人肺腑的戲劇，都應該深深地感到幸福吧！畢竟，藝術家們燃燒著自己的生命，才留下那曠世不朽的作品，如果人生不能乘著藝術家們天使般美麗的翅膀，飛向自己的理想，不對自己的人生有一點兒期望，不能學習與創造，那麼人生還有什麼可以期待的呢？

第五道彩虹——智慧

智慧就像人生的法寶，

有如荒蕪沙漠中的一片綠洲，

讓人生充滿了生機與希望。

事實的真相

發現真相並不容易，然而真相絕對需要考驗

●●●●●

在網路上收到一封朋友轉寄來的信，寫信的人提到她的姊姊被人迫害，最後自殺，希望能把事實的真相告訴給大家，並且希望大家能把這封信盡量轉寄給其他人，讓害她姊姊的人，能夠受到應有的法律制裁。

我並沒有照著信中的指示，把信轉寄出去，這樣做的意義在哪裡呢？雖然很同情她的遭遇，但是看看信中的日期是二〇〇三年八月，已經是兩年多前發生的事了！我上網想去找找看有無新聞報導，卻沒辦法找到相關的資訊，令人懷疑這封信的真實性，或許，這是一個無聊的人所寫的，或是一種私人的惡意攻擊，抑或是如信中所說真有其事。可是要還原事實的真相，光靠網路轉寄是不切實際的。在法治的時代，一切還是要講證據，信件轉寄，固然可以引起更多人的注意，可是要如何去相信一篇網路上流傳信件的真實性呢？這的確令人困惑！從信中的敘述，可以看出，這位做妹妹的痛苦與無奈，雖然知道兇手是誰，可是卻束手無策！然而網路上的真真假假，虛偽詐騙的事件不斷，又不得不讓人起疑，只是身為一個現代人，多多少少都會有一點迷失，一封不相干的信，或許自私點，一切就會隨著電腦Delete

鍵，消失得一乾二淨，可是面對自己，心中難免有一點失望，自己竟然成為一個麻木不仁的人！然而面對事情，又怎知事情的真相呢？

不禁想起一件事，台灣有一位文學院的教授，有一次到大陸旅行，在大陸因為幅員廣大，常常要坐很久的火車，於是教授身邊都會帶一本《莎士比亞全集》打發無聊的時間，有一次湊巧看到坐在對面的一位年輕人，也捧著一本書在讀，教授發現對方看的是馬克吐溫的名著《頑童歷險記》，心想以為遇到了知己，找到一位可以談心的朋友了！教授於是試著和年輕人寒暄交談，可是對方卻都支支吾吾的，教授只好掃興地再讀自己的書。下車時，這位年輕人走到教授旁，湊近他的耳旁輕聲說：「先生，真對不起，不瞞您說，我是個跑單幫的生意人，身上帶了些錢，可是現在治安不好，我只好帶本洋文書，裝做讀書人。這年頭讀書人都很窮，我裝作在看書，只是為了圖個平安吧，希望你別見怪！」教授聽完才恍然大悟。

面對事情，常常就像那位教授一樣，心裡所想的，往往與事情的真相有很大的出入。所以人生要能夠不受外界環境的迷惑，清楚地明辨事情的真相，的確不容易。相反地，當我們看到了事情的真相時，也無法確定，只有不去理會吧！或許這也是人生的無奈，知與不知、做與不做之間，往

往隔著一條很深的鴻溝，充滿了許多矛盾。人生何其渺小與短暫，又有多少能力去發現事情的真相呢？對那位網友而言，我所能做的就是不做任何事，不發任何信，否則見義勇為或是同情心很可能成了無聊人的劊子手，到網路散播不實的訊息。現代人的可悲，就是在虛無的網路之間遊走，無法明辨事情的真相，往往以為自己是活在真實的世界中，卻與現實的世界距離愈來愈遠。我們何其有幸，生在網路世界，科技力量讓我們可以接觸到更多更精采的世界，完成很多不可能的任務，然而在一個事件的背後，我們又了解多少事實與真相呢？就像電影《駭客任務》的劇情，會不會有一天醒來，才發現原本看到的一切美好事物，原來都是不存在的，而真實的世界早已完全變了樣？此時我對「網路」倒真有點害怕起來了！

人類的宇宙觀

科學使人變聰明，但不能使人變得更有智慧

「世界上最遙遠的距離，不是生和死，而是當我站在你面前時，你卻不知道我愛你！」這原本是指男女之間的愛情，若以科學的角度來看，什麼又是世界最遠的距離呢？這真是超出了人類想像的空間了。

目前人類科技所製造之天文望遠鏡，最遠大約可以看到十二兆光年以外的景物，也就是說在地球上看到某某星球所發生的現象，有可能是十二兆年以前就發生的事情。宇宙之大，真是可謂無邊無際，而宇宙之外又是什麼？它會向地球一樣地回到一個原點嗎？還是它有一個中心所在呢？

我們今天所了解的宇宙，完全是以科學的方式、以地球人的觀點來做假設的，然而宇宙事實上到底是怎麼一個樣子呢？會不會像幾百年以前，人們對地球、對世界的所知一樣呢？

波蘭偉大的天文學家哥白尼（Copernicus, Nicolaus），早在十三世紀的時候就提出了「太陽為宇宙中心」的學說，對當時宗教界認為「地球為宇宙中心」的主張，掀起了極大的挑戰，然而我們現在都知

道，不論地球與太陽都不是宇宙的中心的主張，可是人類現今用科學所描繪出來的宇宙，是否也像當初哥白尼所犯的錯誤一樣，都只是一種未經證實的假說呢？

一九九六年有一部紅極一時的美國電影《星際終結者》（Independence Day），故事是描述外星人侵略地球，企圖大肆毀滅人類的故事，雖然電影利用電腦動畫技巧，拍攝了許多非常逼真的鏡頭，然而令人啼笑皆非的是，在故事的情節中，地球人居然能利用電腦病毒，破壞外星人的防禦系統，最後摧毀外星人的太空船。這令我想到，就像眾多的科幻電影與小說情節一樣，似乎宇宙外來的生物，到地球的唯一目的就是侵略與殺戮，好像宇宙間根本不可能出現比人類更愛和平，或是能與地球人平等交往的生物。奇怪的是，這種想法幾乎反映了多數人們的思想。實際上，科幻小說與電影所反映的情節，只是一種人類潛意識的情緒，更是對自己人性的一種不滿反映。我們對宇宙生物的一切想法，又何嘗不是對人類自己行為的一種反映。說穿了，人類才是地球上最貪婪、殘暴、自私的生物，到現在二十一世紀了，我們看看世界的新聞就知道，那些種族衝突戰爭、恐怖攻擊、肆無忌憚地掠奪自然資源，破壞生態環境的事情，似乎一天也沒少過！因此電影或是小說情節才會把人類自己醜陋的一面，灌輸到想像中的外星生物上。還好，這正是人類對自己錯誤行為的一種反思，也是對人類文明，面對未來何去何從所丟下的一個大問號吧！

人類自從有了科學以後，便一直想要探究宇宙的奧妙，試圖解開宇宙的真相。然而宇宙還是宇宙，就好像太陽還是太陽，當人們發現了太陽原來不是繞著地球運轉的同時，後代子孫或許會嘲笑古人的無知與荒謬，但今天人們對宇宙的認知又有多少呢？期待未來人類的科學能夠解開這個謎底，但是看看人類科學所走過的歷史，也該戒慎恐懼地時時反省，科學是否真的解決了人的問題，發覺了真理呢？還是科學，只是對自然現象作了短暫的觀察實驗後，所獲的一些殘缺片段的知識？我們今天很自豪地說，太陽不是繞著地球轉，可是更應該體會，這只是證明了地球是繞著太陽轉吧！而這些體會，卻是人類花了多少世紀的努力與研究才獲得的。

科學可以使人變聰明，但不見得能使人變得更有智慧，畢竟科學也只是眾多學科中的一門而已，沒有其他學科的引導與輔助，沒有經歷哲學或是歷史文化的批判與反省思考，那麼科學反而往往會帶來狂妄與自大，這是人類當今所面臨最危險的一件事！研究科學，一定得抱持著時時求真、不斷思考與驗證、不以眼前的知識為滿足、更不以眼前的知識為自傲的心，科學才能真正朝向真理的方向邁進，帶給人們光明與智慧。否則科學淪為物用，最後製造了許多人規模的殺傷武器，利用生化科技、基因工程，造成了生態系統平衡的破壞，違反大自然運作的定律。雖然，科學所發展出來的科技，能改善人類的物質生活，讓人類免於遭受大自然的限制與障礙，但是如果沒有好好思考科技所應該限制的範圍，沒有學得掌握運用科技的智慧，那麼科技也只會帶來更多的人為問題。

行動電話與現代人

科技時代，要動腦、要思考，人生才不留白

根據交通部統計：台灣地區每千人行動電話用戶數達到八百零二點四戶水準，居亞洲之冠，世界排名第二，僅次於盧森堡的八百七十二點二戶，所以在台灣可以說幾乎人手一機。行動電話原本的創意，是要讓使用者行動自由，電話帶著走。可是相對的，這也成為無法逃避現實生活的枷鎖，行動更不自由了。日常生活中，有不少人是離不開電話的，要隨時應付老闆的召喚，一通電話便要隨傳隨到，也有一些情侶，行動電話卻變成了感情的絆腳石，要隨時掌握住對方的行蹤，關機甚至被認為是愛情生變的預兆！也有人喜歡把所有朋友的電話號碼都記錄在行動電話上，不小心電話丟了，最後連朋友也丟了。前幾天還發生一個離奇車禍，肇事者就是邊開車邊打行動電話，結果一個不留神，就撞上了路旁的公用電話亭，當場讓兩名電話亭內的女子魂飛西天。

現代人常常對科技之產品趨之若鶩，受科技產品的左右與影響而不自知。科技原本是要改善人類生活的，卻帶來了更多負面的影響。就拿行動電話來說吧，常常接到一些莫名其妙的廣告電話，擾亂了原本在開會、欣賞電影或是與人談話的情況。現代人是一日不能沒有行動電話的，不然就會成為大家公認的罪人，老闆會懷疑你偷懶，朋友會怪怎麼都找不到你，情人更是難解釋了，除非你永遠不要再用行動電話，要不然你是沒有關機的權利的。

前幾天還聽到有所謂的貴族行動電話，一家公司專為顧客量身訂作行動電話，不僅有二十四小時的行動秘書功能，而且造型特殊，質感華麗，在電話表面上鑲有許多鑽石珠寶，聽說電話還附有勞斯萊斯汽車皮椅公司所提供的皮套。至於它的價錢，當然不便宜了，一支居然要價台幣二十多萬元，真是極盡奢侈之能事。

行動電話的確改變了許多現代人的生活與工作型態，讓忙碌的現代人可以更方便地運用科技所帶來的便利，不過現代人在使用行動電話時，往往很少有人會注意到已身陷科技產品的泥沼！而現代人的生活就是這樣被牽著走而無法自拔。就像可以使用汽車代步的時候，還有多少人願意使用自己的雙腳？而買下汽車後，要繳汽車貸款、要繳牌照稅、繳罰單錢、要定期地修車保養、上下班的尖峰時間還要忍受塞車之苦，試想我們的生命與時間有多少是浪費在其中？

人生是短暫與寶貴的，當我們不自覺它的可貴與重要時，我們就已經在浪費生命了！

重新開機

智慧與勇氣是創造人生喜劇的最佳原料

使用過電腦的人，一定都有遇過電腦當機的情形，任憑你如何猛烈地快按滑鼠、敲打鍵盤，電腦就是沒有任何反應。這時候唯一的解決辦法就是拔掉電源開關，或是按下Reset鍵，強迫電腦重新開機。有學生問我，電腦為什麼會當機呢？其實，電腦當機大部分的原因，是因為錯誤的程式被無意間執行所造成的。不過對許多沒有電腦概念的學生來說，還是無法清楚明白，我就會告訴他們：「就像我們要回答生命的起源，是先有蛋才生雞呢？還是先有雞才生蛋呢？如果一直要去尋找這個問題的答案，那麼當機的情形就會發生。至少以現今的科技能力，還是無法清楚解釋生命起源的問題，唯一的解決方式，就是不去想這個問題。」

不過電腦的當機情形，並不是大問題，只要重新開機就可以解決，然而面對人生的當機情形，就得靠智慧與勇氣去面對了。畢竟，人生很多事情無法從頭來過，人生只有一次，很多事情無法事先嘗試，走錯了，或許會影響一生，甚至「一失足，成千古恨」。所以每當走到人生的十字路口，又有誰能夠不小心翼翼，左顧右盼呢？然而人生總得面對選擇，誰都害怕做錯誤的選擇。有選擇的人生是幸福的，只是做了選擇後，是否能夠滿心歡喜地接受選擇？還是總是後悔自己的選擇？就像小時候，爸爸帶我和弟弟去買玩具，我選擇了自己最喜歡的，可是買下了玩具後，總是發覺，好像弟弟的玩具比自己好玩，因而懊惱不已！

這幾天轟動新聞媒體的一則新聞，一名大學生因為女友執意要分手，無法忍受一時之氣，竟然狠心殺害女友，女友的姊姊與另一對室友也慘死在亂刀之下，最後這個大學生也放棄了自己寶貴的生命，跳樓自殺，造成四人死亡的悲劇！這則新聞，讓我對現在年輕人的人生價值觀感到十分錯愕。失戀，是令很多人生當機的問題，然而在感情上，難道就沒有辦法重新開機嗎？

人生雖然無法從頭來過，但是在人生的旅途上，絕對有機會去避免許多當機的問題，人生不如意十之八九，難免會遇到挫折與失敗，與其追根究底地找尋原因，到最後鑽入死胡同，還不如不去想太多，那就什麼問題也沒有了！鄭板橋說：「人生難得糊塗。」多少人聰明一世，卻糊塗一時而犯下大錯，毀了一生。所以「糊塗」是一種豁達的人生，需要很大的智慧，將人生無法控制的、無法解決的問題，都

拋諸腦後，糊塗一時，卻不糊塗一世。人生如能偶爾清空腦袋，就像電腦一樣重新開機，那人生其實再簡單不過了。

無奈的是，愛情對很多人來說，就像一個無解的方程式，總是找不到答案。然而人生要解的方程式，又豈止只有愛情這一道習題呢？雖然愛情在很多人的眼中是無價的，無價的人生如果只靠愛情來體驗與支撐，就很容易變成一齣悲劇。

人生要創作出一部令人開懷大笑的喜劇，絕對是需要勇氣與智慧的。失戀了，何妨讓感情重新開機呢！

九一一驚爆全球

戰爭無法解決人類真正的種族衝突問題

●●●●●

九一一恐怖事件，震驚了國際，雖然美國在布希總統強硬的作風下，以優勢的科技武器把阿富汗炸得天翻地覆，而以賓拉登為首的塔利班也因為窮兵黷武的做法，逐漸潰散，四處逃竄，美國總算討回了公道，讓世人可以逐漸忘卻九一一的恐怖陰影。可是從長遠來看，九一一所引起的連環效應，是有很多地方值得世人深思與反省的。

二十一世紀，科技類雖然帶來了文明，相對地帶來了戰爭與毀滅。二十世紀所發生的兩次世界大戰，是人類文明史上最慘痛的教訓，科技武器大規模地摧毀了城市與無辜的生命。現在，即使邁入了二十一世紀，仍然見不到世界和平的光景，目前世界上，仍然有許多地方飽受戰亂的侵襲：東帝汶獨派人民要求獨立與反對獨立民兵所引發的衝突，愛爾蘭共和軍和北愛爾蘭民權協會組織的宗教與政治衝突戰爭，非洲盧安達胡圖族和圖西族所引發的內戰，在中東地區以色列和巴勒斯坦人的種族衝突、宗教與土地爭奪戰爭，以及最近發生驚動全球的美伊戰爭；這些戰爭每年都為人類帶來大規模的人員傷亡和破壞。然而更令人憂心的是，人類發展科技武器的腳步卻從未停止。以現在人類地球上所部署的核子武器，就足以摧毀好幾個地球，其他像長距離的洲際彈道飛彈，只要有一個閃失，就足以摧毀一個城市以及數以萬計的生命。

人類會有戰爭，不外乎是因為種族衝突以及民族或是國家利益衝突。要化解人類戰爭，只有讓全世界的人民與種族大家融合在一起，種族衝突才可以漸漸化解。如今，九一一事件的發生可以說讓人類種族仇恨更蒙上了一層陰影。而美國人以老大自居，以武力強權凌霸弱小民族的個性，雖說獲得了教訓，只是這慘痛的教訓，是血淋淋的用紐約與阿富汗幾千條人命所換來的，代價實在太大了。雖然戰爭快速地瓦解了恐怖組織，但戰爭是無法消除種族之間的仇恨的，它不但帶來了毀滅，更使民族與歷史的情感深深地糾結在一起，永遠也無法理出頭緒。

當布希總統下令轟炸阿富汗的那一剎那間，我想起咱們中國人不也與日本人有著一段抹不去的民族仇恨嗎？可是看看現在的青少年，哈日風潮之盛，恐怕上一輩的祖先看到了也不勝唏嘘。或許這是中國人的智慧，知道「以德報怨」。想當初八年抗戰，南京大屠殺，死的何止幾千人？可是冤冤相報何時能了？只有以仁德來化解一切。歷史見證了中國人哲學思想偉大，而後代子孫更是最大的受惠者。看看現在台灣和日本人之間友好往來，文化交流頻繁的情形，若與西奈半島上以色列與巴勒斯坦人誓不兩立、戰火頻傳、恐怖暴力事件不斷的情況相比，其實台灣與日本人都是幸福的。

二十一世紀，全球化的腳步已經漸漸加速，民族與文化產生極大的交流與融合，這是一個令人欣喜的現象。然而人類必須覺醒，唯有放棄自私自利的民族與國家主義主張，以人類共同利益為前提，普及人民教育，發展以「人」為本的王道思想，以「自然」為科技發展的最高指導原則，世界和平才有希望，人類才能共同努力，一起面對人類在未來二十一世紀所將遭遇到的環境污染與生態系統平衡破壞、糧食不足等等的嚴重問題。否則，人類繼續無止境的種族利益衝突、濫用武器暴力，最後只會帶來全人類共同毀滅的噩運。

生物科技的省思

生物科技，不要成為生「誤」科技

最近報章媒體報導，市面上已有不少食品都含有「基因食品」的成分，甚至一家頗具知名度的速食業者，在其販賣漢堡的雞肉中也都含有，讓不少消費者又緊張了好一陣子。其實所謂的「基因食品」，指的是一些經過生物科技工程改造過的植物、動物，讓蔬果長得更茂盛、更鮮美多汁，讓食用畜類長得更快，肉長得更多，以滿足消費者更多的需求。

一般人對基因食品總是會有疑問，「會不會讓人吃出毛病？」事實上，科學研究者對基因食品的顧慮，並非基因食品對人體產生的直接危害。最大的隱憂是：人為地改變生物的特性，違反大自然生存競爭的法則，是否會進一步地破壞整個地球自然生態系統的平衡？畢竟，生物科技所謂的「基因食品」，不外乎是長得快、長得茂盛，肉長得多，這樣才能夠有更大的商業價值，能讓廠商快速賺大錢。但是在自然生態中被改造過的生物，卻不見得是對大自然有任何好處的。

舉例來說，美國就曾發生過果農為了讓番茄的外皮厚一些，以免在搬運時破損，利用基因改造科技生產新品種，卻意外地讓一種靠番茄汁液為生的胡蜂絕種。而胡蜂卻是當地另一種害蟲的天敵，天敵的

消失自然讓這種害蟲大肆繁衍，反而造成其他作物的危害。

在中國大陸一次「除四害」的活動中，中國政府認為麻雀是會吃穀子的害鳥，便鼓勵民眾大肆捕雀，沒想到麻雀除了吃穀子，還會吃害蟲，麻雀遭到大量捕殺後，反倒讓害蟲如魚得水，造成了農產品更大損失。

基因科技的日新月異，讓人類當起了千萬生物「命運決定的使者」。然而在改造其他生物特性與生命特質的同時，人類實在應該深深地省思，是否也在不知不覺中改變了人類自己原本的命運，而這一命運是好是壞？會走向何處？恐怕都是目前所無法確定的。

不論生物科技如何發展，人類都應該注意到目前科技對人類、對生命結構的所知仍然是有限與膚淺的，而基因所控制生命現象的層次，是否會影響到人的精神以及心靈層次，也仍然是未知的。

很多醫學研究都發現，人類的精神疾病，有很多都是來自遺傳基因，而人的善心從何而來？道德良心的觀念從何而來？人的苦毒、怨恨、投機、詭詐、貪念等等意識從何而來？是否這些也受人類的部分基因影響呢？也只有了解到人的渺小，順從自然律，人類才能真正的運用科技，改善人類生活上所遭遇到的種種問題。否則生物科技不但無法造福人類，更有可能破壞了生物延續生命與發展的自然定律，就好像愛因斯坦當初發現能量不滅定律的重大理論，可是最後卻被拿去發展原子彈，迫害了無辜的生命。

生物科技所牽涉到的問題，並不只限於生物技術的問題，它更涉及到人類道德、倫理、生命意義等等層面，而這些仍然都是人類到現在也無法完全掌握與了解的問題。如果我們在自己無法掌握的東西上，任意地變更、修改，那麼生物科技就很有可能產生無法控制的危險。像紅極一時的電影《酷斯拉》，那種突變的凶猛怪獸就可能產生，到時可能又有許多無辜的人會受到傷害。因此生物科技除了在技術方面的研究之外，對於任何違反生命自然定律的研究與發展，都更應謹慎小心，及早做好規劃與準備，否則「水能載舟，亦能覆舟」。生物科技所衍生出來的複雜問題，可能會使下一代付出沉重的代價！

科技發展需要智慧，才能造福人群

回顧二十世紀，人類在科學方面，有很大的突破。例如，登陸月球、發明電腦，解決了許多人腦所無法解決的問題。此外，科技的發展也大幅地改善了人類的生活方式，從以往的農業時代進入到工業時代，現在則進入了科技時代。但是不管科技如何地快速發展與進步，仍然無法解決人類從過去歷史就存在的幾個問題：

第一，是生命的起源問題，人類到現在，還是沒有非常直接的證據能夠證明，生命是在一個自然環境下自然形成的，還是如宗教界所說的，人類乃由上帝所創造。

第二，則是關於宇宙太空方面的知識，仍然有很多現象至今仍然無法解釋，根據美國的太空研究，目前人類所能看到最遠的銀河系，是大約在十二兆光年以外的銀河系，可是人類對於宇宙是如何形成的，以及銀河系以外的事物，可以說是一無所知。

第三，就是生命的延續問題，從遠古帝王尋求長生不老之藥開始，人類一直都沒有辦法抗拒自然的力量，面對死亡，人類永遠是敬畏與害怕的。

因此，很多專家都預測，二十一世紀科技的發展會朝著兩大方向前進，一是網路通訊科技，另一項就是生物科技。網路科技已經造成了人類生活的巨大改變，比如說住在歐洲的某某人，透過E-bay網站，賣了一只瑞士的古董懷錶給住在美國的一位市民，而某某市民，利用電子郵件直接寫信給調查局長，秘密地揭發了一宗駭人聽聞的秘案。或是有人利用網路認識了婚姻的另一半。網路科技，將帶給人類另一次的工業革命。我們現在看到的世界現象，只是這個革命的開始。

不久的將來，網路會像行動電話一樣方便，電腦終端機會愈來愈小，小到像一只手錶，說一個口令，可能很多事情就解決了。近幾年有一種技術叫全球定位系統，GPS（Global Position System），這種系統利用人造衛星，可以精確地查出某一個物體在地球上的位置，未來如果每個出生的人，都在他們的身體內植入這樣的一個晶片，那麼將來每個人隨時隨地都將在網路線上無法遁形。不管走到哪裡，都會一清二楚，而每一個人只是一部巨型電腦的一個指令。人類的工作可能都是以服務業為主，替別人服務，但同時也需要別人的服務，生產與製造都由機器搞定。這個巨大的網路幫我們完成交易、完成交易時需要的計算與統計工作，也完成了人與人之間複雜的關係與組織。未來在網路上可能會出現一種世界通用的貨幣、通用的語言、通用的法律，就連時間也是相同的，這或許是未來世界大同的時候吧！

另一項生物科技，也將是人類有重大突破的科技領域，人類幾十萬的遺傳密碼，都可以解出來，未來的幾年，複製生物將不是不可能的。比如說，我們快死去的心愛貓咪，在臨死前留下一個活細胞，利用生物技術，我們就可以複製出一隻一模一樣的貓咪出來。

據媒體報導，有一位富商花了兩千萬美元的代價，終於完成了他遨遊外太空的理想。他是世界上第一位登上太空梭的平民，到外太空旅行的人。有人願意不惜任何金錢代價來換取一個經驗，這是二十一世紀可怕的現象，科技讓人達到很多不可能的事情，也可能違反了很多的常理。就像基因工程，可以讓人變得更強壯或長生不老，一定也有人花很高的代價來換取這個成果。科技的發展，很多時候並不見得是在解決人的問題，只是為了獲取金錢上的利益，或是一種奢侈的人生經驗，這將是一件很可惜的事情。

因此科技的發展，雖然能帶給人類文明與進步，但在發展科技之前，人類是否應先確實規劃好科技發展的方向與目標？否則著名電影《魔鬼終結者》，機器人想盡辦法要將人類趕盡殺絕的事情，就很有可能發生；或是更奇怪的，如果有一天，人可以複製人，那麼聰明的人、漂亮的人，可能就會被大家不斷地複製，結果世界上醜陋或是愚昧的人就會愈來愈少，可是人的思想和經驗卻是無法複製以及快速獲得，到時候，人類或許會變成一種像螞蟻一樣思想低等的生物，而真正主宰世界運作的可能是那些具有高智商以及思考能力的少數人吧！而這些人，更可能因為自己的利益，而互相衝突，濫殺無辜，企圖消滅對方。

科技可以改善人類的生活，但是它也絕對需要智慧，科技才能發揮它真正的價值。

人生的行李

智慧是人生最好的心靈雞湯

有位先生與太太在同一家機構做事，所以每天總是一起出門，一起回家。有一天，由於公司要清倉盤點，兩人加班到很晚，回到家已是凌晨兩點多了！先生又累又餓，便嚷著要太太去準備吃的，然而太太也是全身疲憊，火氣一來，兩人便吵了起來。

太太說：「想吃什麼不會自己煮嗎？沒手沒腳是不是？」

先生大概是太累了，也發了火說：「你今天吃錯藥是不是？存心和我吵架嗎？當老婆的煮飯給老公吃是天經地義的事，若不想煮你可以走呀！」

太太沒料到先生會有這麼大的反應，一個人楞了半天，最後氣著說：「你要我走，我就走！」說完，便氣沖沖地回到房裡整理行李。

先生看太太走進房中整理行李，又說：「好啊，你走呀！把你的東西全部帶走，以後別再回來了！」

過了一會兒，太太並沒有拎著包包出來，房中也沒有聲響。先生覺得怪怪的，便走進房中，發現太太坐在床上，臉上沾滿了淚水，盯著床上的大皮箱發呆。

太太看見先生走進來，就用哽咽的聲音說：「坐到皮箱上吧！」

先生心中覺得有些奇怪，口氣仍是不佳地問：「做什麼？」

太太一邊哭著一邊斷斷續續地回答：「我要帶走屬於我的東西，

但我最重要的行李，就是你呀！除了你和孩子，我什麼都沒有了。」
說完，先生與太太兩人破涕為笑，相擁在一起。

●●●●●

有想過出遠門的念頭嗎？可是當你要遠行時，什麼是你最重要的行李呢？的確，親人是我們人生中最重要的行李，只是我們的人生行李，往往塞了很多不重要的東西，有的人裝滿了財富權貴，有的人裝滿了名利欲望，有的人裝滿了酒肉朋友，有的人裝滿了妒忌與仇恨。然而一旦人生的行李，被那些不重要的東西給塞滿了，那麼又有什麼空間來裝我們人生最重要的東西呢？如果人生之旅，是一段滿布荊棘與泥沼的坎坷之路，那麼我們的人生行李，絕對少不了可以慰藉我們心靈、替我們療傷止痛之藥；如果人生之旅，充滿驚奇與挑戰，當我們在成功的時候，我們需要有人為我們鼓掌與喝采；而當我們失意的時候，更需要有人替我們拭淚與安撫。

其實，人生絕對可以很豐富，然而豐富的人生，不在於行李裝了些什麼，也不在於行李是大是小。最重要的是，在那不長也不短的旅程中，我們曾經歡心與滿意，雖曾流淚，但卻也充滿歡笑；雖曾受傷，但也不斷成長。否則孤獨的人生，終究有一天，打開行李箱我們才會發現，行李雖笨重，可是卻空無一物，完全沒有一樣是我們真正想要的。親人，絕對是我們人生不可缺少的行李，然而智慧卻是我們人生最好的行李箱吧！

國王與猴子

知人善任，才能人盡其材

有一個國王老是待在皇宮裡，覺得很無聊，為了解悶，有人便獻給國王一隻猴子做伴。由於猴子天性聰明，所以很得到國王的喜愛。日子久了，國王給了牠很多好吃的東西，甚至連自己的寶劍都讓猴子拿著玩。

在皇宮的附近，有一座供人遊樂的樹林。當春天來臨的時候，這座樹林簡直美極了，成群結隊的蜜蜂嗡嗡地在爭奇鬥艷的花叢中飛舞。國王在樹林裡愉快地散步，感到有點疲倦，就對猴子說：「我想在這座花房裡躺下睡一會兒。如果有什麼人想傷害我，你就要竭盡全力來保護我。」說完這幾句話，國王就睡著了。不一會兒，一隻蜜蜂聞到花香飛了來，落在國王頭上。

猴子一看，心想：「這個不知死活的傢伙，竟敢在我的眼前來螫國王！」於是，猴子便揮舞著寶劍，把這隻蜜蜂趕走了。後來又飛來一隻蜜蜂，並準備停到國王身上。猴子大怒，抽出寶劍就朝著蜜蜂砍下去，結果一不小心把國王的腦袋給砍了下來。

雖然這只是一則寓言故事，可是我們想想，在我們的生活與工作中，不是常常有許多類似的情形發生？許多公司的老闆，用人喜歡以自己的喜好為標準，完全不懂用人的方法，以至於最後往往造成了許多禍害。在歷史上有多少君王，不是滅絕在自己的荒誕無知、用人不當，結果讓小人當道，讓許多忠臣烈士白白犧牲。就像故事中的國王，竟然相信一隻猴子的能力，把自己的安危交給不具備人性思維的動物，最後反而讓自己身首異處，這實在是很不理智的。

其實，用人的哲學，在於對人格、品行與行為能力的觀察與掌握，並不以自己的喜好為選擇的唯一標準，能夠仔細地察言觀色，了解個人的言行、品格與操守。雖然人性中，充滿各種巧詐、欺騙、隱瞞、奉承等等的劣根性，總是不容易讓人看清楚一個人的真面目。然而用人的首要條件，便是品格與操守要誠實。一個品格與操守有問題的人，即使再能幹，也都應當避免任用，否則用了一個品格與操守有問題的人，往往會變成舞弄權勢，隻手遮天，禍國殃民的政客。一個企業，一個組織，甚至一個國家，在上位的管理者，絕對要有此認知，懂得用人哲學的首要原則。

用人的哲學，最忌諱的就是不敢下放權力，再不然就是妒忌有才幹的部屬，只使用一些聽話卻沒有能力的庸材。從歷史上我們便可以看到許多這種例子，像漢高祖劉邦，從一個草莽英雄人物，可是靠著他用人的智慧，網羅了韓信、張良等人將，給予充分的信任，最後才能打敗項羽，稱帝為王。此外，對於有能力的人，也要能清楚地了解其長處所在，知人善任，才能人盡其才。否則將不適任的人放在不妥之處，即使才高八斗，恐怕也是英雄無用武之地。

慧眼才能識英雄

好的朋友就像人生的一扇窗

有一個農夫，有一天遇到了一條蛇，因為這條蛇很聰明，又很會說好聽的話討農夫的歡心，不久就便和農夫混得很熟悉，而農夫也愈來愈喜歡這條蛇，常常與蛇為伍，到哪兒都喜歡帶著蛇一起去。可是，農夫卻發覺他以前的老朋友和親戚，現在都不願意來找他了。

「這是怎麼回事呢？」農夫說。「請你們告訴我，你們一個也不來看我，是什麼緣故呢？是我的老婆沒有按照禮數款待你們呢？還是你們嫌我老婆做的菜不好吃呢？」

他的朋友回答，問題不在這裡，我們當然願意去找你，你們夫妻兩人誰也沒有得罪我們，可是，如果和你一塊兒坐著，老是要東張西望的，提防著你的好朋友會爬過來咬我們一口，那我們和你在一起又有什麼樂趣呢！

所以識人是一種藝術，女性要懂識人的藝術，才能覓得如意郎君；男性也要懂識人的藝術，才能找到賢內助。當老闆的要懂識人的藝術，才能找到千里馬；商場上，也要懂識人的藝術，才能免於受騙上當。父母要懂識人的藝術，才能了解孩子們的想法與個性，給予適當的關懷與照顧，畢竟，人生在世不能離群索居，每個人都必須要與人相處，結交朋友。

然而交朋友絕對要有識人的眼光與智慧，了解一個人的品格與操守。否則就像故事中的那位農夫一樣，不能分辨朋友的好壞，自然會遭受到其他朋友的疏遠。想想看，在生活中，我們是否常常會以個人直覺的喜好來判斷一個人？或是只因為對方外表的光鮮亮麗，有錢有勢，就喜歡和這種朋友親近？或是因為有些朋友喜歡阿諛奉承，我們就會忽略了這個人本身的品德與操守？

所以孔子說：「損者三友，友便辟、友善柔、友便佞。」認為那種對人過分恭敬，喜歡奉承迎合，優柔寡斷，沒有主見與判斷力，或是虛情假意，故意討人喜歡的人，都是我們應該避免結交的損友。相反地，孔子也說：「益者三友，友直、友諒、友多聞。」勸我們要多結交個性正直、善解人意、時時刻刻為人設身處地著想、懂得尊重別人，以及學識廣博的朋友。

莎士比亞曾說：「與良友伴行，路遙不覺其遠。」好友就如同我們心靈中的一扇窗，能豐富我們平淡無奇的生活，讓眼光更開闊，知識更豐富，滋潤我們的心田，在我們的生命中萌出成功的芽，綻放出溫馨的花朵。人生不能沒有朋友，然而人生更要選對朋友，結交善友、良友，那麼好朋友才會真正成為我們人生中璀璨的星光，讓我們的人生更加的動人與光亮！

牧羊人的智慧

善於規劃與管理，才能逢凶化吉，化危機為轉機

●●●●●

有一天，齊王上朝的時候，鄭重地對大臣們說：「我國地處幾個強國之間，這次我想來個大的行動，徹底解決問題。」

謀臣艾子上前問道：「不知大王有何打算？」

齊王說：「我要抽調大批壯丁，沿國境線修起一道長長的城牆，與各個強國隔絕開來。從此，秦國無法窺伺我西部，楚國難以威脅我南邊，韓國、魏國都不敢牽制我左右。你們說，這不是一件很偉大、很有價值的事嗎？」

艾子說：「大王，這樣大的工程，百姓們能承受得了嗎？」

齊王說：「是的，百姓築城的確要吃很多苦頭，但這樣做能從此減少戰爭帶來的災難，這一勞永逸的事，誰會不擁護呢？」

艾子深思片刻，懇切地對齊王說：「昨天一大早，下起了大雪，我在趕赴早朝的途中，看見路旁躺著一個人，他光著身子，都快要凍僵了，卻仰望著老天唱讚歌。我十分奇怪，便問他為什麼這樣做。他回答說：『老天爺這場雪下得真好啊，可以料到明年麥子大豐收，人們可以吃到廉價的麥子。可是，明年卻離我太遙遠，眼下我就要被凍死了！』大王，臣以為，這件事正像您今天說的築城牆，老百姓眼前的生活已朝不保夕，哪能奢望將來有什麼大福呢？他們還不知道能不能等到修好城牆的那一天呢？」

●●●●●

管理，是一種規劃的藝術，清楚地了解自己的資源所在，並且做最適當的選擇與分配。一個人要善於管理自己，了解生命的無價，知道自己人生的意義，珍惜時光，努力不懈，才能在有限的人生中發揮出最大的價值，而不會等到白髮蒼蒼才來老大傷悲，空留遺憾。一個企業的總裁要善於管理公司的組織，管理公司的制度，了解公司市場發展的目標與方向，才能讓公司的人員發揮最大的能力，流程運作產生最大的效率，讓產品發揮最大的價值，如此企業才有永續經營的可能。一個國家的元首，要善於管理國家的議會，制定合宜的法令與財務政策，才能人盡其才，物盡其用，貨暢其流，讓人民安和樂利。

然而，在管理中最常碰到的問題，便是該管的不管，不該管的管太多；再不然就是喜歡憑空幻想，不切實際，結果就像前面故事中的齊王一樣，提出的計畫缺乏可行性。其實好的管理者，在規劃與解決問題時，會從實際面出發，瞻前顧後，既考慮將來的情況，也要顧及當前的實際問題，統籌兼顧，否則，再美好的打算，若與現實脫節，

恐怕也只能流於紙上談兵的空談罷了！另外有一個牧羊人的故事，對我們人生自我管理也有很好的啟示：

有個牧童常帶著一群羊到山邊吃草，累了就在草堆上睡覺，睡醒了再帶山羊回家。然而另外有個牧羊人很怕他的山羊跑掉，就建了圍欄把他的羊群圍起來，然後用割草機收集牧草給羊群吃。可是有一天圍欄門忘了上鎖，第二天山羊都跑光了。

就像那個建柵欄的牧羊人一樣，人生如果不能好好管理自己，不能通達人情世故，不懂得變通以及使用正確的方法，那麼人生就會面臨許多料想不到的遺憾，可是如果我們懂得順應自然，了解事情本身的法則，不去強求與執著自己的意見與方法，那麼在遭遇人生困境與挫折時，反而能夠逢凶化吉，化危機為轉機，改變自己的命運，創造新的局面。

管理絕對是一門藝術，而這門藝術要能綻放出光芒，絕對要靠我們去思考與創造。

第六道彩虹——氣度

人生真正的氣度，

是一種超凡的智慧，

擁有大愛的精神，

胸襟充滿了浩然正氣，

即使知道一切都不會有結果，

但卻仍不畏艱難，勇往直前。

消失的天才

人生要不留白，或許應該慢半拍

在學校教計算機概論的時候，總免不了要和學生介紹一下電腦二進位運算的原理，並告訴學生計算機的起源，其實是來自中國人珠算的概念。聰明的中國人早在三千年前就發明了算盤，懂得複雜的數字運算，而算盤的原理是五進位的概念。這種五進位的概念，其實是很合乎自然的，就像左手與右手各有五隻手指頭，如果使用十進位算法只能算十樣東西，可是用五進位的計算法，最多可以算到三十樣東西，然而每當介紹至此，還是很多學生無法清楚體會電腦0與1的世界。

電腦演變至今，生活中的一切幾乎與電腦有關，小從電子手錶、鬧鐘、電鍋、電視音響，大到人造衛星、太空梭，電腦都扮演了重要的角色。然而每當學生驚訝於電腦的神奇與能力時，我總會提醒學生，天才與白癡有時似乎只有一線之隔。電腦在數字運算、儲存與記憶方面，絕對是一個不折不扣的天才；然而論及思考與創作，那電腦就是白癡一個。就像有不少IC設計工程師，可能在手機的電路機構設計上，有卓越的成就；然而跳脫了手機產品，可能對數位相機或是PDA一無所知。同樣地心臟科的醫師對腦部、皮膚或骨科的疾病也往往束手無策。其實大部分的天才，也只能在他所了解的範圍內，充分發揮能力，然而跳脫了這個範疇，人類在很多方面就與白癡幾乎無所分別。難怪愛因斯坦曾經感慨地說：「專家只不過是訓練有素的狗！」

不過，真正的天才不應該只懂得某一種技能、某一方面的專業知識或是精通兩、三種以上的語言博士，而是能從雜亂無規則的生活環境或自然界中找到一個共通的特性、秩序或規則的人，甚至創造出一種規則。古今中外，真正的天才是相當少數的，阿基米德、笛卡兒、牛頓、愛因斯坦、巴哈、莫札特、貝多芬、畢卡索、梵谷、孔子、孟子、老子、莊子，他們就是其中的少數。而人類現今的文明，科技的發達，精神生活的豐富，或多或少都是建築在他們所發現的真理，或是所創造的世界中慢慢發展出來的。

阿基米德以他最著名的「浮力原理」、「槓桿定律」，奠定了人類力學的基礎。牛頓解釋了地球重力加速度的原則，幾百年後，人們才能準確的計算衛星軌道，發射人造衛星，進入了全球通訊的時代。愛因斯坦發現了相對論、質能互換、光的粒子性和布朗運動等原理，開創了原子能源與人類的光電時代。貝多芬譜出了《命運》、《英雄》交響曲與第五號鋼琴協奏曲，而這些優美的曲目，不斷地在世界各地的音樂會、電台中播放，幾百年來，從未少過。翻開雜誌、書籍、賀卡，我們可以看到畢卡索、梵谷的作品總是被人們當作藝術品掛在客廳，或是當作雜誌的封面或插畫。老子的《道德經》、孔子的《論語》，在世界各地的書店、舊書攤，都可見到不同語言的版本，現在連網路搜尋引擎，都可查到上百個相關的網站。這些天才最大的成就，就是發現了一個簡單的原則、規律，解釋了人類普遍存在的一種

現象、心情與感受，創造了一種跨越時空的美麗與永恆。少了這些天才，人類的世界將會黯淡無光的。

然而自從人類邁入了文明階段（對十九世紀以前的人來說），這種真正的天才，已經不再多見了！或許天才也需要一種獨特的環境來創造，就像一顆種子，沒有雨露的滋潤，它是不會發芽的。工業革命，把人類的文明帶到一個嶄新的世界，帶給人類更有效率的時代，然而電腦與網路的出現更把人類的變化，從音速推到了光速時代，而這一切的改變，卻從未停止過，其速度仍不斷地在加快中。然而在這種環境下，人類已經很難再創造出所謂真正的天才了！留下的卻是無數的專業白癡，就像騎腳踏車和摩托車的感覺一樣，踩著腳踏車，雖然要花些力氣，然而我們可以輕鬆地看看身旁的景物，心情卻是輕鬆與愉悅的，然而騎摩托車雖然輕鬆，可是快速地穿梭在大街小巷之中，留在我們腦海之中的往往是一片空白。

人生要不留白，絕不能頭也不回地拼命往前衝，有時也應該駐足片刻，留意一下生活周遭的事物，想一想、看一看，或許慢半拍，人生會走得更穩，更實在！

人生的維生素

自信是人生麵包的發酵粉

●●●●●

有一位鐵路公司的調車人員叫尼克，平時工作認真，做事負責，但是卻有一個缺點，就是對人生很悲觀，常以否定的眼光去看世界。

有一天鐵路公司的職員都趕著去幫老闆過生日，大家都急急忙忙地走了。不巧的是，尼克不小心被關在一個待修的冰櫃車裡。他在冰櫃拚命敲打著喊著，但全公司的人都走了，根本沒有人聽到。

第二天早上，公司的職員陸續來上班。他們打開冰櫃，赫然發現尼克倒在地上。他們將尼克送去急救，卻已經回天乏術了。令人驚訝的是，冰櫃的冷凍開關並沒有啟動，這巨大的冰櫃也有足夠的氧氣，更令人納悶的是，冰櫃本身的溫度一直是華氏六十一度，但尼克竟然給「凍」死了！

●●●●●

其實尼克並非死於冰櫃的溫度，而是死於心中的意志。當一個人喪失了求生意志，為自己判了死刑，又怎麼能夠活得下去呢？

自信心是一種潛藏在內心的力量，它是發自於內心，對自己的行為、實力、成就的一種肯定，並且達到一種勇敢、不怕困難與願意接受挑戰的心境。所以有自信心的人會為自己找尋成功的機會，卻不會為自己的失敗找藉口。在《三國演義》裡，諸葛亮可以算是最有自信的歷史人物了！他曾經七擒孟獲，最後讓孟獲俯首稱降；對周瑜要在三天內打造十萬枝劍的無理要求絲毫不懼怕，最後利用曹操草船借劍，順利達成任務；面對司馬懿的大軍，兵臨城下，來個空城計，讓司馬懿不敢輕舉妄動，最後無功而返。而這一切也都是因為諸葛亮的自信，能夠在關鍵時刻從容應對，發揮自己的能力，解決困難，打敗敵人。要是諸葛亮沒有識人的自信，又怎敢將手到擒來的孟獲放虎歸山呢？要是沒有對天候變化、對敵我情勢分析與判斷的自信，對曹操陰謀險詐的個性瞭若指掌，又怎能順利求得十萬枝箭？最後要是諸葛亮沒有看穿司馬懿鬼疑猜忌的個性，沒有這份萬軍壓境，面不改色的氣度與自信，又怎能騙得過司馬懿，最後讓他不戰而退呢？

想想看，在日常生活中處事時，我們是否常常否定了自己的能力，以至於錯失了許多嘗試突破自己的機會

呢？打敗我們的往往不是外在環境，反而是我們自己。一個缺乏自信的人，做什麼事都是反反覆覆，無法專心一致、全力以赴，即使有再多的援助也是徒勞無功，被自己打敗，在潛意識裡總是對自己說「我不能」、「這個困難對我來說，不可能解決吧！」「我不可能完成這個任務的，還是放棄吧！」然而天底下沒有白吃的午餐，如果連嘗試的勇氣都沒有，那麼想成功根本就是天方夜譚。

如果過分缺乏自信，在個性上就容易流於懦弱、膽小、怕事，甚至落得「縮頭烏龜」的別號。人生所要面對的艱難與困苦太多了，如果凡事畏首畏尾，不敢勇於面對，人生必然是寸步難移、捉襟見肘，做什麼事都不會順遂。相反地，過度自信會流於傲慢與偏見，對人對事，往往容易狂妄與自大，容不下別人的意見與想法，反而變成人生的毒藥。只有充滿自信而又能謙卑自省的人，能夠勇敢面對外界的批評與責難，不怕接受挑戰，敢於冒險犯難，即使經歷挫折與失敗，也都不會減少戰鬥的意志，反而能夠在一次又一次的磨練中，增加自己的鬥志，努力充實自己，最後完成任務。即使功成名就後，對於眾人矚目的讚美與褒揚，亦能拋諸腦後，不以此為自滿。所以自信絕對是我們人生不考缺少的「維生素」，少了自信，人生就像那未經發酵的麵包一樣，乾澀無味。然而多一點或少一點自信，人生就會像變味了的麵包，也一樣會令人難以入口。

考試

氣度決定一個人的生命格局

有一個公司的重要部門經理要離職了，董事長決定要找一位才德兼備的人來接替這個位置，但連續來應徵的幾個人都沒有通過董事長的「考試」。

這天，一個三十多歲的留美博士前來應徵，董事長卻是通知他凌晨三點去他家考試。這位青年準時去按董事長家的門鈴，卻未見人來應門，一直到早上八點鐘，董事長才讓他進門。

考試的題目是由董事長口述，董事長問他：「你會寫字嗎？」年輕人說：「會。」董事長拿出一張白紙說：「請你寫一個白飯的『白』字。」他寫完了，卻等不到下一題，疑惑地問：「就這樣嗎？」董事長靜靜地看著他，回答：「對！考完了！」年輕人覺得很奇怪，這是哪門子的考試啊？

第二天，董事長在董事會宣布，該名年輕人通過了考試，而且是一項嚴格的考試！

董事長接著說明：「一個這麼年輕的博士，他的聰明與學問一定不是問題，所以我考其他更難的。首先，我考他犧牲的精神，所以讓他犧牲睡眠，半夜三點鐘來參加公司考試，他做到了；我又考他的忍耐，要他空等五個小時，他也做到了；我也考他的脾氣，看他是否能夠不發飆，他也做到了；最後，我考他的謙虛，我只考堂堂一個博士五歲小孩都會寫的字，他也肯寫。一個人已有了博士學位，又有犧牲的精神、忍耐、好脾氣、謙虛，這樣才德兼備的人，我還有什麼好挑剔的呢？所以我決定任用他！」

看了上面的故事，您是否覺得這位董事長擁有獨到的用人選才方法呢？的確，一個人的氣度，決定一個人的生命能量，而這種能量正是人生成功最大的本錢，否則，人生必然會受到很多局限，面臨困難時，往往被環境或自己的恐懼所擊倒。在大家強調「知識就是力量」的同時，或許「氣度」才是我們追求知識的泉源，在我們追求知識、升學、才藝的的同時，千萬不要忽視了培養自己的氣度，充實人生的內在修練。

孟子曾說：「吾善養吾浩然之氣。」而浩然之氣就是一種「捨我其誰」的氣度，要培養這種能量必須經過「動心忍性」的磨練，尤其在經歷人間苦難、生離死別，或是生於亂世、國破家亡後所產生的孤絕感，那種氣度，更可與天地共存。歷史上文天祥在五坡嶺被元兵俘虜，寫下〈過零丁洋〉一詩表明自己不願投降的心跡，在那句氣勢磅礡「人生自古誰無死，留取丹心照汗青」的字裡行間裡，所散發出來忠義氣

度，至今仍撼動人心，足以光照千秋萬世。

> 辛苦遭逢起一經，干戈落落四周星。
> 山河破碎風拋絮，身世飄搖雨打萍。
> 皇恐灘頭說皇恐，零丁洋裡嘆零丁，
> 人生自古誰無死，留取丹心照汗青。
>
> ～〈過零丁洋〉，文天祥

至元十九年，文天祥慷慨就義，臨刑前向著南方故國和苦難的百姓恭敬地行了跪拜之禮，說：「臣報國至此矣！」然後從容赴義，在場的人無不感動得痛哭流涕。「孔曰成仁，孟云取義，惟其義盡，所以仁至。讀聖賢書，所學何事？而今而後，庶幾無愧！」文天祥身體力行了讀聖賢書的教誨，死後，就連敵人忽必烈都稱讚他是「真男子」！

同樣是生命，有人輕忽走過，恣意揮霍；可是有人卻流芳萬世，這完全是人生氣度所決定的生命格局吧！

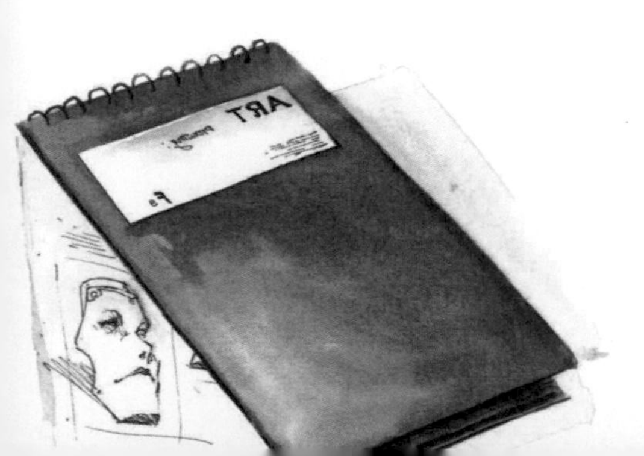

勇者的畫像

培養勇者的氣度，人生才不會「殘障」

記得高中聯考時，當時國文科目的作文題目就叫「勇者的畫像」，對我當時一個十來歲的青少年，實在是有些困難的，在短短的幾十分鐘內，要描述出心中的勇者，的確不容易。然而這些年來，隨著年紀的增長，對當年的考試題目，卻常常在我的耳邊迴響，到底人生中的勇者，應該是怎樣的情況呢？直到有一天遇見了一批殘障朋友，那潛藏心中已久的「勇者的畫像」才漸漸地浮現出來。

在很多人的觀念裡，對殘障朋友的印象，總是看著他們坐著輪椅，在車站或百貨商場前，販賣彩券、口香糖；更可憐的是有些人會在人潮擁擠的夜市、地下走道乞討為生，雖然多數的人會以同情的眼光來看待他們，但仍有不少人是帶有鄙視的態度來看這一群人，不是走而避之，再不然就是不理不睬。

有一次，朋友要參加十五公里的長跑比賽，硬拉著我去，後來因為我並沒有做好準備，所以只有在場觀看。當時可以說是人山人海，在場還包括台北市長馬英九也是眾多跑者中的一位。不過在眾多跑者當中，我卻看到了一批人，他們一個跟著一個，用手搭著前面的人，由一位前導者帶領，不用說，他們是一群盲胞，也一起參加了這次的長跑活動。只是當時對我而言，自覺相當慚愧，他們平常恐怕連單獨行走都有問題了，何況要跑完十五公里的路跑。

後來詢問了幫助他們的義工，才知道這群盲胞都是有備而來的。他們事先做過篩選，來參加現場活動的，都是一些成績比較優秀的朋友。他們手中握著一條四十公分長的童軍繩，每位盲胞由一位義工在旁跟跑帶領，這位義工只負責告知盲胞的方向，跑歪的時候用繩子稍微拉一下調整，可是對很多在旁觀看的人來說，這些盲胞的跑步姿態與速度，絲毫不輸給一般人。

一小時過去後我發現，剛才由義工帶領的盲胞一個個很快地都跑到了終點，超越了許多肢體正常的朋友。至少他們的成績要比一半以上的人還要好。很多肢體正常的朋友，不是跑得太慢，再不然就是跑不完全程就放棄了。後來朋友也跑完了全程回來，他很訝異我還在終點等他，朋友問我：「怎麼樣？準備下次來參加了嗎？」只是我看到盲胞們的勇者化身，早已慚愧得無言以對了。

當天回到家後，我無法立刻入睡，那些盲胞的身影，讓我對殘障朋友的印象有了徹底的改變。我想他們才是真正的「勇者」，而我們一般人在健康的情況下，擁有優勢的條件，可是面對困難、挫折、失敗，不是自暴自棄，再不然就是怨天尤人。我想現代人雖過著光鮮亮麗的生活，可是存在內心的勇氣與人生氣度往往是不足的，我想這才是人生真正的「殘障」吧！

其實，勇者並不一定要舞刀弄槍，更不是像現在的社會，逞強好鬥，有勇無謀，只憑一時衝動，逞匹夫之勇。真正的勇者，就像歷史上諸葛亮，對司馬懿萬軍壓境，兵臨城下，卻仍從容不迫；手持羽毛扇，彈琴自娛，面不改色，那是何等的英勇，何等的氣度！抗戰初期的張自忠，被批評為漢奸、賣國賊，他為了戰事機密，忍辱負重，到最後為國殉難，大家才知道他實在是一個愛國的勇者。滿清時代的女豪傑秋瑾，她那「秋風秋雨愁煞人」的慨嘆，才不愧是一個勇者。黃花崗七十二烈士之一的林覺民，犧牲個人幸福，成仁取義，這種精神，才是真正的勇者。

人生不必然幸福美滿，不必然成功，然而一個人不能修心養性，培養出勇者的氣度，人生恐怕也往往是一事無成的。

大樹與小草

人生要知命順命，才能創造生命的價值

據報導，世界上最高大的樹木是在澳洲的一種叫杏仁桉的樹木，通常它們會有將近一百公尺以上的高度，有時甚至也出現有高達一百六十多公尺的情況，相當於四十五層樓高，樹梢常常高聳雲霄。這種樹最奇特之處，就是葉片是側面朝天，像掛在樹枝上一樣，這是因為地處乾旱的澳洲大陸，垂掛的葉子可以避免強烈的陽光直射，減少水分蒸發。這麼高的樹木，令我想起一個問題，就是這種樹木是如何吸水的？今天我們要將水從地面輸送到樓高四十五層的樓頂上，不用一台超大型的抽水馬達，配合精密的輸水管與蓄水池是不可能辦到的。然而這種桉樹卻可以利用自然的方式吸收地底的水分與養分。而且根據研究，這種大樹壽命通常都超過千年以上。可是同樣是歸類為植物中的樹木，有一種世界最矮的樹，則是長在高山凍土地帶的矮柳，它的莖匍匐在地面上，橫著抽出枝條，樹高不過五公分左右而已。

此外，還有另一種奇特的樹，叫孟加拉榕樹，可以說是世界上樹冠覆蓋面最廣的樹。孟加拉榕樹，枝葉繁茂，長滿了許多氣根，這些氣根可以從空氣中吸取養分，而且聳立於地面彷彿成為另一根樹幹。根據紀錄，有時一棵孟加拉榕樹的氣根最多可達到四千多根，人們稱為「獨木林」，也就是說看起來像一片森林一樣，事實上卻是同一棵樹。目前在孟加拉的加索爾地區就有一棵號稱世界榕樹之最的孟加拉榕樹，有六百多根氣根，樹冠覆蓋面積竟達四十二畝。

有時不得不讓人讚嘆生命與世界的奧妙，似乎世界上一切的事物都有其異同，而且是無奇不有。然而這不正是世界與人生美妙之處嗎？讓人生可以有許多不同的體驗與感受。同樣是綠色世界裡的樹木，有的可以高達數百公尺，然而矮小者卻連十公分都不足。就如同人有高矮胖瘦、月有陰晴圓缺、風有強弱急緩、水有剛湍柔涓。如果不是造物者體恤這些凡夫俗子，怕我們在人世間太過無聊，那麼人生絕不會如此豐富與多彩。只可惜多數的人雖置身在變化多端的塵世裡，可是卻常蒙蔽著自己的雙眼，試圖找尋人生的寶物，這不是很可笑嗎？

小時候常常在想，為什麼有些植物長得那麼高大，有些卻那麼矮小？到了大學選修了園藝，才知道原來是因為植物根系不同的緣故。一般來說，植物因為根系的不同，可分為兩大類：一種是鬚根系，例如我們常吃的蔥，這種植物的根，形態就像老爺爺的鬍鬚一樣，沒有明顯的主軸，全部都是一條條的鬚根。另一種植物的根系叫軸根系，它有一條明顯的主根，從主根會再分出許多支根，像菠菜的根就是屬於軸根系。在植物界，

通常高大的樹木都屬於軸根系，而那些較矮小的灌木、草本植物，通常是鬚根系。

而大樹之所以能長得那麼高大，是因為它有很深的根，也因為它能往下扎根，所以才能穩穩地挺立於天地之間，禁得起風吹雨打。其實人生也是一樣，一定要有自己的根，而這個根就是我們的家、我們的文化以及自己的理想。當我們能堅持自己的理想與目標，努力奮鬥，把自己的根往下扎深時，我們才能往上長得更高更壯，生命才會像春逢大地般地欣欣向榮，充滿了朝氣與活力。生命的張力，就在於它能夠突破生活中的一切困境，在夾縫中找到空隙，從不退縮。就像一粒飄到山崖上的種子，它絕對會想盡辦法，發芽成長，甚至開花結果。

很多人從小就被父母灌輸做人要像大樹一樣，風風光光，要有出人頭地的成就。其實人一生下來，有很多事情其實就已經命中注定了，雖然後天的努力，可以改變一個人的命運，但是最重要的是一個人要能知命、順命。做一顆大樹雖然很風光，能為其他植物遮風擋雨，許多小生物似乎也需要依靠它。但做為一顆大樹並不容易，首先必須要有強壯的根，牢牢實實地抓住於大地之上，然後才能挺立於天地之間；大風來時，也要有堅實的樹幹，強韌的枝葉，才不會被突如其來的大風給吹倒。相反地，做一株小草雖然不像大樹一樣風光，但它也要能夠保持水土，供牛羊吃草。其實，大樹有大樹的價值，小草也有小草的價值。最重要的是，如果我們是一顆大樹的種子，就要好好奮鬥，做一顆真正的大樹；如果我們是一顆小草的種子，也要做一株快樂、有生命力、青翠柔嫩的小草。否則，做一顆大樹，沒有大樹的精神，不能為人們遮風擋雨；做一株小草，枯黃乾燥，沒有生命力，那麼就失去了生命所賦予的使命了。

其實知命、順命，並不是消極的心，而是以一種更開闊的心去適應這個環境。了解自己的價值所在，並認清自己所掌握的資源與能力，發揮最大的長處，對社會人群有一點貢獻與幫助。就像偶爾爬山，看到山崖上即使一朵不起眼的小花，我們也都能會心一笑。因為我們都可以感受到這朵小花所做的努力與奮鬥，雖然處在險惡的天然環境當中，然而卻不會看到這朵花有一點凋零或枯萎，反而它被那艱困的環境激勵得更有生命力，顯得更朝氣蓬勃，生意盎然！對人生來說，每一件事物絕對都有其特殊意義，不然生命又怎麼能稱為奇妙，而世界又如何稱得上美麗呢？

人生如果對一切環境變化沒有感覺，老是自怨自艾，逆來順受，不試圖去改變些什麼，創造些什麼，那人生又該如何呢？

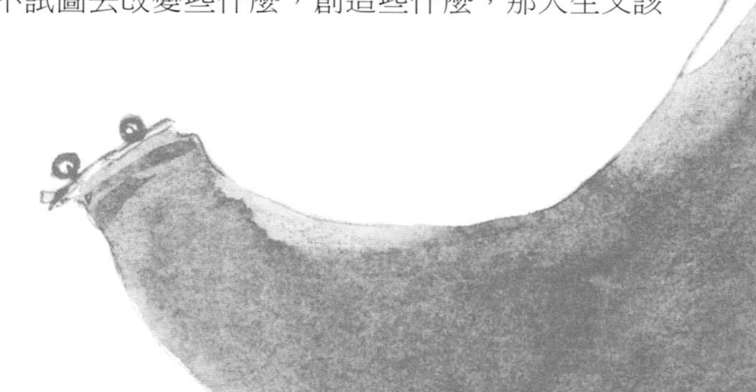

臥虎藏龍

人要甘於平淡，才能不凡

由李安導演的《臥虎藏龍》這部電影曾獲得奧斯卡最佳外語片、最佳攝影、最佳藝術指導、最佳電影配樂等四項大獎，在全球電影界掀起了廣大的迴響。我本身也相當喜歡這部電影，除了電影上檔就在戲院看過之後，後來又去租片看了好幾次。可是每看一次，對劇情就有更深的體會。其實《臥虎藏龍》是典型的中國武俠片，可是為什麼會受西方如此歡迎與喜愛？得到那麼多的獎項，為中國人爭光？這當然與李安導演本身對電影的藝術修養與執著有關。可是真正的原因還是在於電影本身內容、故事情節、人物、配樂、場景以及動作特效等各方面都環環相扣，搭配得很有特色的緣故吧！

對好萊塢電影界來說，一向著重商業包裝，講求卡司，卻不著重電影劇本內涵的情況下，《臥虎藏龍》的確呈現了一種相當獨特以及令人耳目一新的感覺。然而《臥虎藏龍》的精神到底在哪裡呢？這不就說明了中國人自古以來求真求實的精神，本本分分地把基礎功夫紮實，「不飛則已，一飛沖天；不鳴則已，一鳴驚人」。《臥虎藏龍》本身不就是如此的寫照？一舉拿下全球各項大獎，票房紀錄也一舉創下外片紀錄等等。《臥虎藏龍》在得獎以前，不就是一部蓄勢待發、深藏不露的中國電影？就在得獎的那一刻，一舉成名，一炮而紅。

其實人生不也一樣嗎？成功的人有誰不是經過一番努力，自我訓練、臥薪嚐膽，時時刻刻為那千載難逢的一次機會做準備，最後才能出類拔萃，贏得眾人的掌聲與喝采。戰國時期的軍事專家孫臏，就是歷史上最典型的這一類人物。

相傳孫臏與龐涓同時師事當時一位精通數學、星象兵法戰術的隱士鬼谷子，然而龐涓卻妒忌孫臏的才華，後來設計陷害他，讓孫臏遭受到殘酷的削掉膝蓋的刖刑。儘管孫臏遭受如此的打擊，可是龐涓萬萬沒有想到，孫臏使出裝瘋賣傻之計，終日胡言亂語，又哭又笑的，讓龐涓以為孫臏真的發瘋了，因此孫臏才逃過一劫。最後在一次偶然的機會中，遇見了齊國的使者，打動了他，救他去齊國，入朝為軍

師，一躍而成為統帥齊國大軍的英雄，讓龐涓氣得跳腳。後來孫臏更發揮了他沉浮多年來對人性的體悟與軍事上的才華，史上著名利用「圍魏救趙」的戰術大敗龐涓的桂林之戰，以及利用「減灶誘敵」，最後讓龐涓敗於馬陵之戰。可以說是這位「臥虎藏龍」的英雄人物一生最佳的軍事傑作，在中國的軍事史上，更是少見的「奇葩」。試想，孫臏在遭受被龐涓身心加害痛苦時，要是他不能忍辱負重，咬緊牙關，保持內心的寧靜與思考能力，巧施妙計脫困，可能孫臏連活命的機會都沒有吧！

可惜的是，世上很少有人能在成功前，甘於平凡與平淡，總是按捺不住內心的浮動與寂寞，希望能早日功成名就，愈快愈好。然而時機的不成熟與環境的變動，往往讓人大失所望，甚至因而揠苗助長。商場上、政治上、歷史上，我們看見也有很多人，辛苦地等待，辛苦地工作，可是因為自己的「小不忍，而亂了大謀」，最後卻功虧一簣，一事無成！

成功不是偶然的，而「臥虎」與「藏龍」更是需要忍耐與毅力，要有天將降大任的雄心與抱負，不畏艱難，雖身懷絕技，但也要有世事與我如浮雲的平淡心情與氣度，一切隨緣，當時機真正成熟時，成功自然會像發芽的種子「破土而出」，讓生命「開花結果」！

台灣夜市

真正的勇敢，必須臨危不亂，在混亂中尋找秩序

●●●●●

有一次，一位外國朋友來台灣，由於他第一次來，而且只打算待三天，所以交代我說，不想去參觀一般旅行社所定的觀光行程，倒想見識一下台灣最與眾不同的地方，看看台灣人的經濟奇蹟。朋友的要求有點難倒了我，到底哪裡可以一針見血地讓外國朋友見識到台灣人的經濟實力、奮鬥打拼的精神呢？最後老婆建議，帶朋友去逛台灣的夜市。

後來，朋友來到台灣，我陪著他搭乘堪稱世界造價最昂貴的捷運，來到台北最著名的士林夜市。我們鑽入了擁擠的人群當中，穿梭過迂迴的小巷後，進入到夜市小吃的賣場內，當下朋友嚇了一跳，因為他從來沒見識過這麼雜亂的用餐場所，四處傳來各種吆喝聲，地上有點濕滑而又黑暗。然而他更驚訝的是，夏天的炙熱使整個賣場儼然就像一個大烤箱，可是他看不到任何休息偷懶的人，大家都仍然可以忍受住這種酷熱的環境。

我們很快地吃了四、五樣小吃，飽食一番後，我很鄭重地問朋友說：「Well , What do you think about Taiwan?（你認為台灣如何呢？）」

朋友說：「Incredible!（真是難以置信！）」接著又告訴我說：

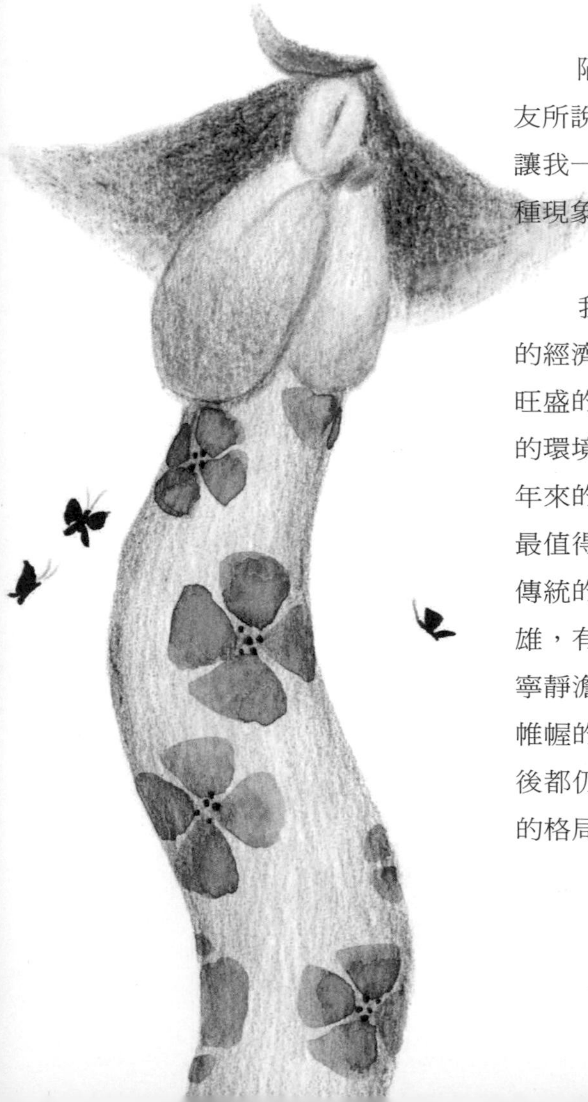

「雖然我看到了混亂，可是卻亂中有序，雖然環境和條件並不好，但是我感覺到這裡的人們卻很有活力，更有一種旺盛的生命力與奮鬥的精神。」

隔天朋友很滿意地離開了台灣，然而朋友所說的一番話，卻深深地印在我的腦海裡，讓我一直在思考一個問題，到底台灣夜市的這種現象，代表著什麼意義呢？

我想正如台灣這幾年來在世界上所創造的經濟奇蹟一樣，台灣人有一種強烈的鬥志、旺盛的生命力，以及「打不死的蟑螂」般強韌的環境適應能力。畢竟台灣人承襲了中國五千年來的豐富內在思想，而這種思想就是中國人最值得驕傲的地方，然而這種精神不就是中國傳統的勇者風範嗎？自古以來，多少亂世出英雄，有哪一位不是在混亂的世局中，仍然保有寧靜澹泊的氣度，高瞻遠矚的眼光，懂得運籌帷幄的智慧。所以即使在最險惡的環境下，最後都仍然能夠創造一個嶄新的時代，開創全新的格局。

三國時代的諸葛亮，就是中國人最典型的英雄人物。從劉備「三顧茅廬」之後，他的出現完全扭轉了整個局勢，首先提出著名的〈隆中對〉，向劉備建議與東吳孫權結盟友好，共同對抗曹操。此外諸葛亮也建議奪取荊、益兩州，南撫夷越，穩定大後方，選賢舉能，儲積戰力，最後在赤壁之戰以寡擊眾，狠狠地削弱了曹操的勢力，奠立了後來三國鼎立的霸業。諸葛亮的空城計、草船借箭的故事，更代表了中國幾千年來的智謀化身。

英雄本色到底具有什麼特質呢？或許擁有超凡的氣度，就是一個最主要的關鍵因素吧！而這種氣度雖然不是與生俱來的，它卻是一種苦幹實幹的積極態度，對生命充滿了熱誠，對自己充滿了自信。而這種發自內心的心靈力量，在面對很多人生困境時，都會化為一種無形的力量。所以常常有人說：「氣度決定　個人的高度。」然而態度更決定了一個人的氣度，也決定了一個人的成功與失敗，富裕與貧窮，幸福或是悲傷。

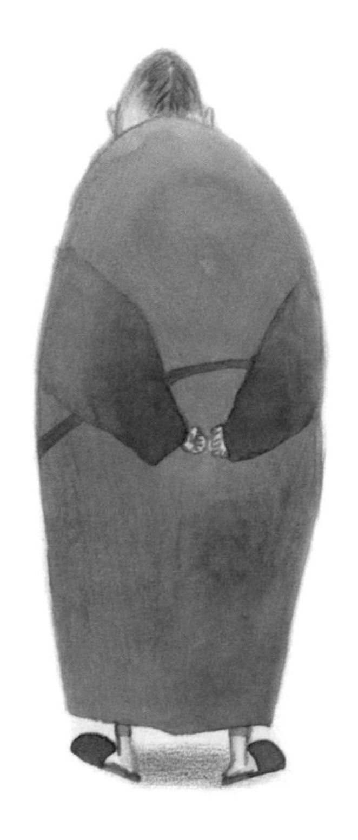

　　這幾年來，社會環境愈複雜，人生面臨的困惑也就愈多。能在混亂中，掌握秩序，面對不同的人，不同環境的時候，我們如何能引導別人，認同我們的想法，這是相當不容易的一件事，但這種認同是靠一種真誠、一種對事用心的態度。很多時候，別人因為利益衝突、個人成見，或許是不了解我們，所以對我們會有很多的誤會、責怪。但是只要能問心無愧，就沒有必要爭太多、說太多。正如老子所說的：「智者不言，言者不智。」其實言多必失，太多的解釋，只會愈描愈黑。只要拿出我們的氣度，發揮「英雄本色」，那麼人生還有什麼能煩惱的呢？

第七道彩虹——價值

人生真正存在嗎？

當一切從絢爛歸於平淡時，

只有在生命過程中不斷奮鬥，

努力所創造出的價值，

才可以永恆不朽。

就像仲夏之夜的點點星光，

讓人打從心底充滿了歡喜與溫暖。

價值真正的意義

人生真正的價值，在於可以留下些什麼?

最近在網路逛逛，發現網路上也存在一種貧窮現象。幾年前的網路不僅速度慢，而且內容也很貧乏單調，除了少數的入口網站，憑藉著雄厚的財力，可以不斷提供豐富的資訊之外，大多數的網站內容往往無法時常更新，無法吸引較多的人潮。這幾年網路頻寬加大，網路的使用也愈來愈普及，懂一點電腦的人似乎都可以簡單地為自己做個人網頁，因此網站的數目是幾年前的數十倍、數百倍，所以很多網站都是孤苦零丁地被冷落在虛擬世界的一角，完全不被人所注意。這時我不禁在想，這些網站存在的意義到底在哪裡呢？它們的價值又是什麼呢？

離開網路回到現實人生，可以看到花花綠綠、五花八門的世界。然而在這個世界裡，一樣可以看到許多毫不起眼的市井小民，努力辛勤工作，也只能掙得一份溫飽。科技、網路、電腦對他們來說，根本是無用的東西，因為他們既不會用，也用不起。如果再往大陸貴州、甘肅和河南或印度、緬甸等窮鄉僻壤的地方去看看，許多貧困的農戶連溫飽都有問題。若再到世界上最窮的非洲國家更會發現，很多人活著便是一種痛苦，連牲畜都不如，每天忍受著飢餓，在死亡邊緣掙扎著。但這些人的價值又在哪裡呢？難道他們活著就沒有任何意義嗎？

人生如此真的是很可憐與可悲，然而這又是誰的過錯呢？

最大的問題還是資源有限，科技再怎麼發達，也很難無中生有。在世界全球化的今日，人力資源將成為一個重要的關鍵因素了。貧窮與落後國家，最大的問題並不是天然資源不足，而是人力資源的落後與貧乏，導致經濟的落後，而經濟的落後造成更貧乏的人生，如此不斷惡性循環。然而在現今知識經濟掛帥的資本主義世界，這種貧窮現象恐怕比以往還要嚴重。有錢的國家可以發動戰爭，運用優勢的科技與武力，奪取有利的天然資源。就拿美伊戰爭來說，美國若是不對伊拉克的石油資源有所企圖，他們也不會花下大把鈔票，只為了解決恐怖攻擊的問題而已。

台灣，這個在世界地圖上不起眼的小島，沒有豐富的天然資源，可是卻創造了史無前例的經濟奇蹟。原因為何？文化與人力資源是一個很重要的因素吧！台灣雖然沒有豐富的天然資源，然而靠著先人的智慧，知道提升人的精神價值、普及教育、講求民主與自由，所以身為中國人絕對是幸運與幸福的。我們擁有世界上最豐富的文化資產，愛好和平，講孝悌，注重禮義廉恥，懂得仁愛與天下為公的崇高理想，所以經過幾十年的努力，才能創造富足的今天。可是當我們登上世界之巔，也必須珍惜眼前美好的一切，好好的思考如何創造未來的價值？否則人生的富貴榮華，就會像山頂的浮雲一樣，只要稍不留意，或許轉頭便是空了。

不知您可曾想過，做一個人的價值到底在哪裡呢？這不是一個簡單的問題，價值的標準人人不同，但我覺得人生真正的價值，是在於精神的長存與不朽。先人留給我們多少智慧？多少文化遺產？如果不能善加利用，不能加以發揚光大，我想都有辱身為中國人的使命與責任。人生唯有建立起正確的人生價值觀，其他的價值才會有意義。否則物質雖豐富，科技網路雖便利與迅速，思想卻不能長進，沒有智慧，不能創造，人生沒有目的，那麼這樣仍是貧窮的人生。想想看我們現在能為後人、為我們的下一代留下些什麼？如果只是不斷地消耗既有資源，不思創造，不能將美好的精神與文化傳承，只留下一堆債務，遺禍子孫，那麼我們與非洲孤苦無依的難民相比又有何差異？還不是吃喝等死，最後留下一堆白骨？

價值，如果你曾經認真思考過，才會存在你的心中，創造出屬於自己的價值。否則，人生就會像一個流星在繁天星斗中劃過，什麼也沒有留下，了無痕跡。

鑽石與水

人生真正的價值，在於知道自己真正需要的東西

●●●●●

「鑽石恆久遠，一顆永流傳」，相信大家對這句廣告詞都很熟悉吧！這句廣告公司為鑽石所做的廣告名言，似乎早已深深地印在一般人的腦海裡了。對很多人來說，鑽石所代表的不僅是一種堅貞不變的愛情，也是尊貴與承諾的象徵，似乎戀愛結婚絕不能少了它。然而鑽石的珍貴，不只在於它的晶瑩璀璨，更在於它的恆久不變，對現代人來說，「不變」與「永恆」，似乎是一種遙不可及的夢想，是誰也不敢奢望的。

不過談到鑽石，卻令我想到另一樣東西，那就是水。這個世界上最堅硬的東西是鑽石，最柔軟的東西是水。鑽石不僅堅硬，而且價格昂貴；而水雖然很柔弱，但是對我們的生命卻很重要。人可以沒有鑽石，但不能沒有水。其實，這個世界上有很多事情，不正如鑽石和水一樣嗎？真正很昂貴的東西，並不一定很重要，人生也不一定很需

要；相反的有很多東西是很重要，也很有價值的，可是卻從來沒有人去重視它。

畢竟，大多數的人都是以外在來判斷一件事物的價值，鑽石之所以昂貴，只因為它稀有，它能夠發出美麗的光彩。一位經營珠寶生意的朋友告訴我，鑽石也有等級好壞之分，一般是以四個「C」來分級，也就是「切割」(Cut)、「淨度」(Clarity)、「色澤」(Color)、「克拉」(Carat Weight)，這四項分級決定了鑽石的價格。然而珠寶設計師的工藝技術，卻決定了鑽石的價值，倒是讓人意外。朋友解釋，現在時下的年輕人都喜歡一種叫做「邱比特車工」的鑽石，這種鑽石利用目視鏡，可以看到正面有八枝劍，反面則有八顆心。這種邱比特車工，並不是最理想的車工。好的鑽石車工，要讓鑽石有最佳的耀眼感，必須透過精密的計算，找出鑽石最完美的切割比例，然後透過經驗豐富的技工師父，將鑽石車出特殊的形狀，並且平均每一個切面反射的角度，讓鑽石展現最大的亮度。所以不是每一顆鑽石都適合以「邱比特車工」來切割製作，往往原本一顆好的鑽石，使用了不恰當的車工，恐怕反而讓這顆鑽石發揮不了應有的光澤。朋友也搖搖頭說，現在由於科技、機械工業的發達，以及仿造技術的進步，這種人工假鑽，往往充斥市面上，再不然就是三流車工的鑽石，破壞了整個市場，常常讓許多真正有價值的好貨色，卻找不到理想的買主。

這讓我這個對鑽石一竅不通的門外漢，才算有些明白，朋友笑著說，這不就是現代人的寫照嗎？你去走一趟歷史博物館或是美術館、博物院，在那裡你很難看到什麼擁擠的人潮，可是假日，你走到百貨公司或商場逛逛，到處都擠滿了人，只要打折促銷拍賣，一定是人山人海，大家擠破了頭，就怕買不到東西。朋友說，沒辦法，商業推銷與廣告，讓很多東西都會掀起一種流行作用，這種流行卻使得盲目的大眾趨之若鶩，可是往往大家卻不知道自己真正需要與追求的是什麼吧！

其實，鑽石雖昂貴，但是在沒有成為鑽石以前，也只不過是一塊普通的石頭罷了，它需要經驗豐富的技工去切割琢磨，然後鑲在一條項鍊或是戒指上，才能成為價值非凡的珠寶。這個世界上有很多東西就像鑽石一樣，看起來或許很平凡很普通，但只要我們能夠像一流的技工師父一樣，小心去切割鑽石，細心去琢磨，找到最適合的車工選擇，最後才能成為價值非凡的珠寶。一本書，好好去研讀、品味，可能會成為一本無價之書，影響一個人的一生。一個朋友，真心誠意地去對待、患難與共，最後才會成為推心置腹的生死之交。一個自己所愛的情人，好好去珍惜、去付出，才會成為一生一世的眷屬。鑽石的真正價值，在於技工師父，如何去選擇最適合的車工、細心的切割與琢磨。就像人生的價值，是掌握在我們自己的手中，只看我們如何去面對人生的選擇，如何找到人生真正的需要吧！

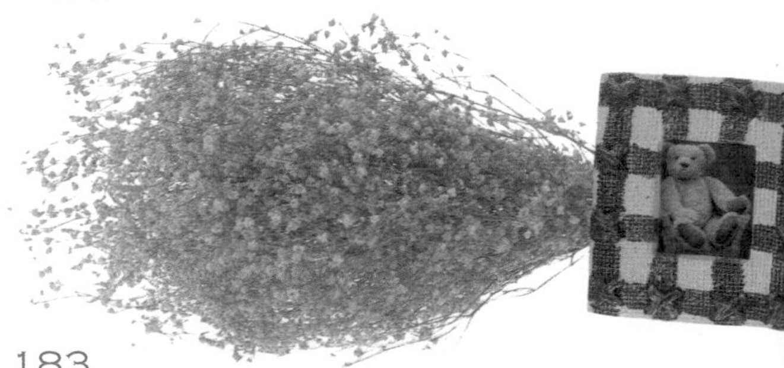

複製與創意

生命雖充滿挫折與困境，創意卻可化腐朽為神奇

這些年來由於常使用電腦工作，因此累積了大量的數位資料。然而每次在整理這些資料時，總是感覺非常不易，往往不是找不到存在哪個資料檔案夾中，不然就是看不出來檔案的內容；必須將檔案資料打開後，才知道詳細內容，因此也常常浪費了許多時間。有時甚至懷疑自己是否是記憶衰退了呢？還是電腦又中毒了？怎麼常常檔案需要的時候就找不到？最主要的原因是，數位資料往往太虛幻了！雖然看得到，但聞不著、摸不到，不像書本那麼親切。很多書本只要自己曾經看過，放在書架上，有時候雖然幾年都沒再翻過，然而有一天當需要查詢資料時，卻仍然記憶猶新，隨手一翻便可找到。可是數位資料往往太容易複製，所以也沒有任何印象，或許這就是數位時代最大的特色吧！很多東西藏在 0與1之間，所以以往往無法感覺出東西的真實與價值。就像做了一個夢，即使在夢中，我們相信一切都是那麼真實；然而夢醒時，才發現一切都是假的，甚至忘得一乾二淨。就像翻開一本相簿，欣賞一幅油畫，或是把玩一個藝術收藏的感覺，都是那麼真實。但有時候，看著堆積如山的E-mail信件，雖然都是朋友轉寄過來的好東西，可是畢竟時間有限，沒法一一看完，所以很多資料或許就在不經意地按下 Delete 鍵時，消失得無影無蹤了！

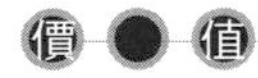

年輕時很喜歡剪貼報紙，每看到好文章、奇聞軼事，就會欣喜若狂地把它剪下，有時候一邊剪一邊看，一個週末的下午就度過了！雖然得花不少時間整理與收藏，但這種回憶與感覺往往是無窮的。現在，連報紙也少看了，取而代之的是一封封的E-mail、網站位址或動畫影片，然而這些訊息往往在眼前驚鴻一瞥，可是在腦中留下的卻往往是一片空白。

已滿兩歲的兒子，正是模仿與牙牙學語的年紀，常常會慎重其事地模仿我們大人的舉動或是說話。他的模仿是具有創意的，因為他雖學得不像，可是卻自成一格，天真無邪，有時非常滑稽逗趣，常常讓我和太太看了哈哈大笑。其實模仿是人類與生俱來的本能吧，人要是不會模仿，不會學習，那也是很麻煩的一件事。只是要如何由模仿中生出創意，那恐怕就需要從小學習的。

中國人的父母，在觀念上比較不注重培養孩子的創意能力，從小就只要求孩子們要考出好成績，往往忽略了孩子的天性與潛能。而孩子們也在繁重的升學壓力下，喪失那種天真與赤子之心。創意雖需要學習，然而它也需一點天分與環境培養。其實這種赤子之心，正是藝術家、哲學家、宗教家所追求而人類與生俱來、最難能可貴的珍寶。人往往在歷經滄桑後，會變得冷血與無情，對生命的變化與創新毫無感覺，在柴米油鹽的繁冗生活中喪失生活的樂趣，如此人生將會是一齣慘劇。

有一次，一個學生興匆匆地跑來告訴我，他費了九牛二虎之力，才和朋友Copy 到一份電腦程式的「大補帖」，問我有沒有興趣也Copy一份。我只笑了笑，告訴學生，如果你連程式的功能都還不清楚，Copy程式又有何用呢？或許很多時候，我們也都像這位學生一樣，任意地複製別人努力的成果，好的創意，新的想法。

然而真正成功的人卻正好相反，總是能從現有的事物中，仔細觀察與思考，在一點點的蛛絲馬跡中找出破綻，謙卑地學習，最後才能創造新的觀點，獨樹一格，建立一番豐功偉業。當初哥倫布如果也和一般人一樣，認為大海是無邊無際、沒有其他陸地的話，他也不會發現美洲新大陸。牛頓，坐在蘋果樹下，如果也認為蘋果往地上掉是理所當然的，那麼人類也不會有現在的文明與科技。貝多芬在喪失了聽力之後，如果認為自己已成廢人，我們就聽不到令人心神振奮與感動的《命運》交響曲。這些人，他們的成功並不是因為他們是天才，而是他們能不斷保有一顆赤子之心，勇敢不畏艱難地做一個世紀的領航者，帶領世人開創新的世紀。也正由於他們的努力創新、改造，人類才能享有現今的文明。可是我們可曾想想，曾幾何時，人類仍然辛苦地與大自然搏鬥，只為了爭取那一點點的溫飽，如果在夜深人靜時，還能有心情躺在床上發呆，或對昨日的種種感到不滿意，或許我們都是人類歷史上少數幸運的人了。

人之可貴，在於人可以有創意，能化腐朽為神奇。然而電腦要它在0與1之間生出新東西，可能比登天還難。然而人生如果不看透這一點，也學電腦一樣只懂複製，那麼人生就會像電腦的命運一樣，不斷地被淘汰，無法產生任何價值。

複製並不是一件壞事，人類也因為懂得複製，所以才能享受到前人種樹的成果。可是在複製之外，我們也應該多用手與腦，學習創造新東西，多發揮一些想像力。那麼或許平淡無奇的生活也會充滿了生機，創造出一個彩虹般的亮麗人生。

漸凍人

伸出關懷的手，人生才會發光發亮

●●●●●

在醫學上，有一種至今仍無有效藥物可以醫治的疾病，叫做「漸凍人」，它是屬於一種運動元神經疾病，患者的運動元神經會產生不明原因的退化萎縮，最後影響患者的整個神經元系統，讓身體在運動時發生各種問題。例如，有時候會產生肌肉僵直、反射增強，使得患者走路時，一跳一跳的，無法協調，膝蓋也常常會一直抖個不停；更嚴重時，會導致患者的肌肉萎縮。剛開始時，可能只有部分手掌、指尖的部分，可是慢慢地，病情會惡化到肩膀、頸部、舌頭等部位的肌肉、造成吞嚥困難，甚至引發呼吸衰竭而死亡。所以對患有「漸凍人」病症的人來說，口不能說話、手不能動、腳不能走，失去了行動的自由，生活上一定是很痛苦的！有不少病情較嚴重的人，更必須藉由醫療器具的幫助，才能維持生命。

不過在現代科技網路發達的時代，有愈來愈多的人，雖然身體四肢健全、行動自如，可是卻也同樣患有「漸凍人」的嚴重病症。有不少人，每天埋首於電腦前，他們熟悉電腦單一與直接的溝通方式，一個口令一個動作，不必套交情，或是論感情，於是漸漸地認為電腦就是他們的世界，因為他們發現電腦是最忠實的夥伴，只要給對指令，電腦絕不會不理你，雖然電腦有時也會耍耍脾氣，來個當機，可是這不難處理，重新開機就可以了！

所以這一類電腦族往往也有「漸凍人」的特徵，你會發現他們的臉上失去了微笑的能力，每天拉長著臉，好像別人欠他幾百萬似的；也有些人，話也說得愈來愈少了！尤其不善於講好話，或是表達自己對別人的關懷，心裡想的，往往與嘴巴說的差上一大段距離。語言對他們來說，就像電腦顯示在螢幕上的一連串訊息一樣，是不帶有任何感情的。你很難從他們的口中聽到「人是有智慧的，還是愚魯的」，或是「山是美的，還是醜的」，頂多偶爾會聽到他們抱怨「電腦又當機了」、「口袋的錢又用光了」、「孩子們的奶粉吃完了」、「尿布用完了」。這些話，在文學家或是藝術家的耳中聽起來是非常無聊的，就好像遇到一隻凶神惡煞的大獵犬，牠除了會對你狂吠之外，你還能聽到些什麼呢？

對哲學家來說，遇到這一類人，更會覺得撞見了鬼一樣可怕。哲學家所追求的人生，是有情、有理、有智的人生。然而，哲學家在這一類電腦「漸凍人」身上，完全無法觸摸到這一類的感覺。對哲學家而言，不是遇到了鬼，那還會是什麼呢？你或許會說，那科學家總會喜歡他們吧！那麼就更錯了！愛因斯坦是位不折不扣的科學家，可是他的《相對論》卻不是用電腦算出來的結果，因為科學家追求的是一種理性的人生，可是這種理性卻不是固執。

然而電腦玩久的人，有些人的思考能力就會退化成為二維式的模式，常常會變得不理性的固執，他們的思考邏輯讓他們除了在0與1、黑與白、Yes 和No之間做選擇之外，很難去創造些什麼。對科學家來說，這種人只是一種笑話！科學家會笑他們的無知，因為他們只會在現有的答案中尋找答案，卻不會在看不到的問題中創造出答案，更不用說要主動發現問題，然後解決問題。然而，人生少了那種孩提時代的好奇天真、豐富的想像力，缺少一種人類獨有的創造與思考能力，這樣的人生不是場笑話，那又是什麼呢？

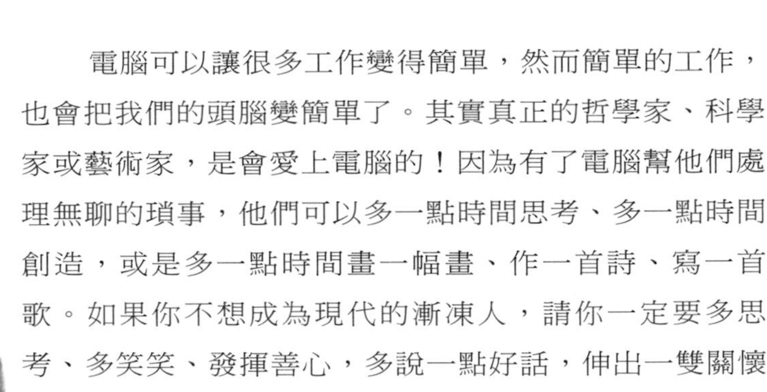

電腦可以讓很多工作變得簡單，然而簡單的工作，也會把我們的頭腦變簡單了。其實真正的哲學家、科學家或藝術家，是會愛上電腦的！因為有了電腦幫他們處理無聊的瑣事，他們可以多一點時間思考、多一點時間創造，或是多一點時間畫一幅畫、作一首詩、寫一首歌。如果你不想成為現代的漸凍人，請你一定要多思考、多笑笑、發揮善心，多說一點好話，伸出一雙關懷的手，這樣人生絕對會是彩色的！

飯島愛迷思

社會安定，人人有責

前一陣子，看了一個電視人物專訪節目，訪問的是日本AV女星飯島愛。令人驚訝的是，她很坦白地承認以前所犯過的種種錯誤，包括她年輕時去百貨公司偷衣服、化妝品，偷拿她媽媽的存摺去領錢，以及她還曾經交過一個午夜牛郎的男朋友。主持人問她為什麼會可以接受吃軟飯的男朋友，她卻說她覺得男人可以向女人要錢，而且對女人左右逢源，是一件了不起的事，所以她很佩服這樣子的人??。她也曾為了男友，因為對方家長反對，跑到公寓的十二樓想自殺，可是卻沒有勇氣往下跳。

看完她的專訪，我覺得有一點是可以肯定的，那就是飯島愛是一位懂得為自己而活的女子，姑且不論對與錯、過去的是是非非，但她是真正地活出了自己。可惜的是，人在出名後，要能繼續做自己就很難了！現在的她，物質方面肯定是比以前過得好，可是夜深人靜時，是否還能懷著一顆平靜的心入睡，或許也只有她自己知道吧！如果她要談一場真真切切的愛情，我想那就更難了，因為她已經失去了那個機會。雖說機會有時要靠自己去創造，但也有很多時候一去不復返，再回首已百年身了。

有時我也在想，飯島愛這位令男人眼睛發亮、女人妒忌的風雲女子，其內心世界又是怎樣的呢？也許有一天她認識了一位令他心動的男子，可是她又得擔心，男子是看到她的財，還是她的色？當一個人如果喜歡一個人，可是還要去提防對方是否真心，而這樣也是很痛苦的。當愛情被一個美麗的糖衣包裹時，人們往往會忘記糖衣化掉之後可能是一顆苦果。面對愛情，有幾個人能先樂後苦呢？所以飯島愛就某方面來說，她也是很無奈的，如果想得更遠一點，十年後當青春不再，她能留下什麼，而人們又能記得她什麼呢？

這又使我想起了一句話，這是在偶然的機會看到一個修車技工寫在牆上的句子：「人生，寧可清白貧賤，不願骯髒富貴。」雖然這要有遠大的理想與高尚的情操才做得到的，但可悲的是，往往很多人總是分不清真理，看不清楚事實，以至於大多數的人，往往會有「富貴即高尚，貧窮乃下等」的觀念，這也難怪飯島愛會如此受到媒體與群眾的歡迎。可是這完全是書商與媒體之刻意包裝，仔細想想，這樣一個女子真的是值得大家這麼關注嗎？真的有這麼值得大家談論與報導的嗎？而她對社會風氣與新世代的價值觀，難道都不會造成任何負面的影響嗎？

「所以台灣今日之亂源，媒體要負很大的責任，可是媒體之亂來自人心之亂，人心之亂來自教育之亂，教育之亂來自內政之亂，內政之亂來自在位者之亂，在位者並不是總統一個人，也不是某一個政黨的領袖，所有我們擔負社會重任之人都有責任。所以台灣要更好，千萬不能人云亦云，盲從無知。重要的是要能發出正義之聲，多用自己的頭腦，不被利益所誘，不以利益去誘惑別人，善善循環，台灣才會有希望。否則台灣未來的價值將何在？生活在台灣這小小僅有一吋之土的我們，又如何能長存呢？」

其實，今日社會之亂源，來自人心之亂，而人心之亂來自大家對人生價值的迷思。

所以我們要擔負起改善社會風氣的責任，千萬不能人云亦云，盲從無知，否則人生很容易就會迷失在財富名利的誘惑之中，無法自拔。相反地，我們若是能適時地發出正義之聲，善用自己的頭腦，多思考人生真正的價值所在，不被利益所誘，也不以利益去誘惑別人，善善循環，社會才會有希望。

開創人生的藝術

人生是一門藝術，而藝術離不開人生

幽默大師林語堂先生，曾經寫了一本書叫《人生就像一首詩》，他說：「由生物學的觀點，人生讀來幾乎像一首詩。它有其自己的韻律和拍子，也有其生長和腐壞的內在週期。」其中另一段話也是一種很好的人生態度：「沒有人會說一個有童年、壯年和老年的人生不是一個美滿的辦法；一天有上午、中午、日落之分，一年有四季之分，這辦法是很好的。人生沒有所謂的好壞之分，只有『什麼東西在哪一季節是好的』的問題，如果我們抱著這種人生觀，而循著季節去生活，那麼，除夜郎自大的呆子和無藥可救的理想主義者之外，沒有人會否認人生不能像一首詩那樣地度過去。」

對林語堂先生來說，人生的過程就像是讀一首詩，是有韻律與節奏的。然而要有這種觀點，是需要一點藝術的修養才可以達到的。因為只有懂藝術的人才能把生活中的瑣事看待成一種創作的原料，融入到自己的生命節奏中，然後激發出自己人生的意義與價值。俄國作家托爾斯泰在他的《藝術論》中曾說：「藝術是生活的鏡子，若是生活喪失意義，鏡子的把戲也就不會使人喜歡了。」然而對不懂藝術的人來說，人生就只能像一個瞎子看戲一般，摸不著頭腦。很多人生活了一輩子，可能都還不了解藝術，甚至從來沒有接觸過藝術。但是沒有藝術的人生是悲慘的，更是可悲的。悲慘的是，白白的就這樣過了一生，卻沒有機會了解或是享受藝術所能帶給我們的快樂，讓我們心靈受到感動與慰藉；可悲的是，人類愈是進化，藝術似乎離人們愈遠，遠到有人可以放棄一生的機會，不去接觸藝術，不去了解藝術。正如作家席慕蓉所說：「一首好詩，能讓人如面對明鏡，覺得內與外都變得清明潔淨了。」離開了藝術，人生將是盲目的，就像從不攬鏡自照的人，又怎樣知道自己的美醜呢？

藝術與人生，人生與藝術，您可曾想過它們有什麼關係嗎？人生就是一種藝術，是上帝賦予人類的機會，去創造屬於自己的生活，去走出自己的命運。想想看，人從出生到死亡，不是每天要絞盡腦汁，創造屬於自我的天空；為了不落人後，總要與世人爭得你死我活。可是人生往往無法如我們所願，如我們所想。也只有在撒手人間的前一刻才能體會，人生就好像藝術一樣，需要付出血汗，費盡心思，有痛苦，也有感動。其結果，也許只是一個微不足道的作品，但也有可能是一部曠世傑作。

俄國詩人與小說家愛倫堡在他的長篇回憶錄《人・歲月・生活》中曾說：「畢卡索的油畫是一個蘊藏著那麼豐富思想和情感的世界，因而它們能引起人們的喜悅或真正的憎恨。」畢卡索的畫之所以

感人，正是因為將自己的生活、生命的挫折與艱難，統統融入了藝術創作中，不但超越了人類所局限的想像範疇，更開創了一種史無前例的境界，這種精神與勇氣，就像是日月星辰一樣照耀著後世人們。所以，藝術絕對是人生的寫照，它反映著我們的生活、我們的情感、我們的理想與希望，任何一件偉大的藝術也都是一個活生生的人生縮影。正如俄國大文豪托爾斯泰在自己的自傳所說的：「無論藝術家描寫的是什麼人：聖人、強盜、皇帝、僕人，我們尋找的、看到的只是藝術家本人的靈魂。」

人生的多彩多姿，有時就像讀一首詩，欣賞一幅畫，看一齣戲劇，聽一首音樂，是充滿韻律與感情的。我們每一個人都是這首詩的創作者，雖然每一首詩都不盡然完美，但每一個人也不都因為這首詩而意義非凡嗎？

走失的爺爺

幸福掌握在自己的手裡

內人的爺爺今年已高齡九十五歲了，有一天傍晚，家人忽然發現他不在家，大家都很著急，最後全家出動，到處尋找，才在路邊發現他的蹤影。後來家人詢問，才知道原來爺爺睡午覺起來後以為是早上，所以便坐車到市區去逛街，可是逛著逛著天黑了，才發現不對，又不知道如何回家，這時才心急地在路旁詢問。還好大家發現得早，立即去找尋，否則後果真是不堪設想。

這件事讓我想起人生的過程的確很奇妙。一個人年紀大了，很多生理機能退化了，對環境與事物的觀察能力也減弱，記憶力變模糊了！所以很多行為就和小孩一樣，需要有人照顧與關心。然而這種結果，未嘗不是老天爺賜予我們人生的一種美意。就像週末假日在家睡午覺，有時候突然驚醒，以為又是上班要遲到了！等到跳起床來，才發現自己正在家中睡午覺。或許是平日上班工作，累積了太多壓力，生活過於緊張忙碌吧！但要是能夠像老爺爺這樣，不也挺好的嗎？能吃能睡，可以有愉快的心情，沒有太多煩惱，能這樣無憂無慮、快快樂樂地自然老去，我們能說這不是一種幸福嗎？

但人生到底要怎樣過，才是真正的幸福呢？年幼時，我們是懵懂

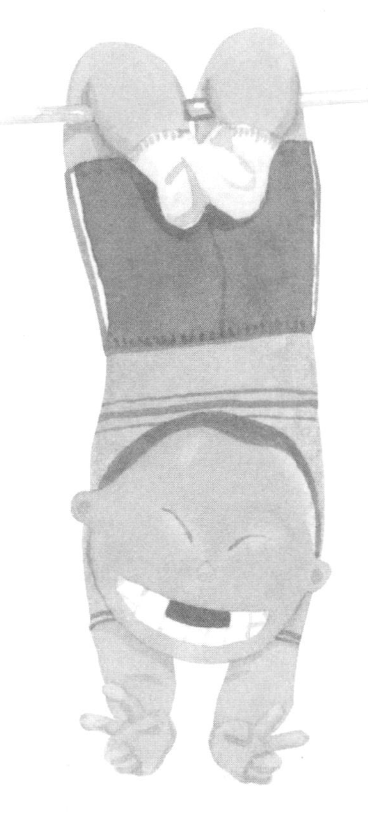

無知的，對一個三歲小孩來說，幸福是一個完全抽象的東西。在小孩子們的眼裡，哪有什麼幸福或不幸福的問題呢？頂多擔心玩得不夠盡興、父母給的糖不夠吃，或是想多看一點卡通影片。可是除了印度與非洲的孤苦難民兒童之外，我們可以在大多數的小孩臉上看見一張天真的笑容，我相信這種笑容就是一種幸福，而這種幸福是與生俱來的。但年紀漸長之後卻又發現，兒時的這種幸福是一種福氣。因為我們有關心與照顧我們的父母，也得感謝我們是生在台灣或美國，而不是在非洲的衣索匹亞。然而人生的奇妙就在於當你擁有幸福時，卻從不會感覺自己幸福，只有當遠離幸福時，才會發覺自己曾經是一個幸福的人。

愛因斯坦曾說過一句話：「上帝雖然狡猾，但沒有惡意。」他之所以會這樣說，絕對是有原因的，以他的聰明與才智，世間幾乎沒有什麼事能難得倒他，可是他也知道，不論他如何努力發掘宇宙科學的真相，可是終究是在上帝所設下的圈套裡無法跳脫出來，最後才發

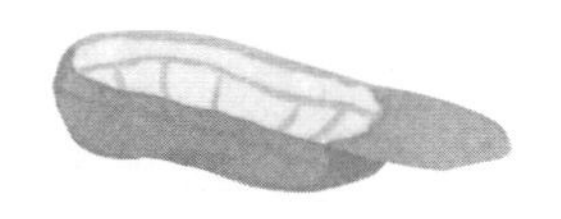

覺自己被上帝開了一個玩笑罷了！從另一個角度來看，上帝卻又是平等的，雖然人天生也許有很多不平等，可是這平等與不平等的標準在哪裡呢？

就像台灣有一個「喜憨兒烘焙屋」，販賣喜憨兒所製作出來的麵包糕餅，生意非常好。因為每一個蛋糕麵包，都是他們用「心」做出來的，雖然從這些孩子們身上，我們會看到一張扭曲的臉、顫抖的手、蹣跚的步伐，可是我們絕不會擔心他們露出虛假的微笑。反而看見他們的笑容、認真與熱情，會讓人打從心底感到一股說不出的溫暖。對喜憨兒來說，上帝從他們的腦中拿走了一些智商，可是相對地，上帝也很公平地把他們心中的狡猾、奸詐、貪婪也給去除了，並擁有一般人少有的真誠與善良。可以說這是上帝給他們的回報，讓他們只有善念，只有快樂，不會憂愁與生氣。若要說幸福，比起那些作姦犯科、罪惡滿身，在夜晚心驚膽跳，得不到一覺好眠的人來說，喜憨兒要幸福太多了。

幸福，不是金錢可以買得到，也不是聰明人、有錢人的專利。只有當我們順從自然，吃苦也罷、受騙上當也罷，不怨恨、不奢求，相信人生一切都是最好的安排，自然長大，自然地老去，這樣就是幸福。

享受寂寞

享受寂寞，才能真正拋開煩惱

前幾天，將兩歲多的兒子從岳母家接回，兒子見著了我們夫妻倆，高興得不得了，又蹦又跳的。可是每次假日後，要送回岳母家時，兒子總是心情很難過，又哭又鬧，總要哄了老半天，兒子才肯讓我們離開。或許這是天性吧！小孩這麼小，都知道能與家人相處相聚是多麼幸福與快樂的事。不過有一次老婆無意間問兒子為什麼比較喜歡回家，沒想到他年紀小小卻語出驚人地說：「待在外婆家好無聊喔！」頓時我和老婆都哈哈大笑，想想這個小人兒，哪懂得什麼無聊呢？可是也不得不驚訝，現代社會與媒體對小小幼兒的影響力。或許他是看到了電視劇學來的吧，也不見得知道其中的意義！想想自己的印象中，真正有感覺過無聊的日子或許是當兵時那千篇一律的操課行程，或是留守營區時無所事事的感覺，才是真正的無聊吧！

我查了查詞典裡對「無聊」的解釋：「心裡煩悶，不知道做什麼事。」雖然不是令人滿意的解釋，但卻也簡單地解釋了無聊的原因，是因為心裡面煩。但人為什麼會心裡煩呢？當然這不是小問題，只不過現代人對自己的心理需求，往往是輕浮與蔑視的，常常往自己的內心裡搪塞一堆垃圾，就像中午餓著肚子，忽然看到速食店的招牌，想也不想地就轉了過去，解決自己的生理需求。想想看，多少日子以來，我們是否對自己的心裡，說過一點點話，告訴自己，人生真正該做點什麼有意義的事嗎？還是整天盤算著自己的股票或是數著口袋裡的鈔票。我想現代人，每天雖然非常忙碌，可是卻也是人類歷史上最無聊的年代吧！例如一天花上好幾個小時，看那互揭長短的政治電視秀，再不然就是看那老掉牙的電視劇，其他像星座算命或是靈異怪談的節目也是充斥在各種媒體上，更有一些人喜歡打麻將，日以繼夜地、挑燈夜戰，為的也只是獲得贏錢時的一點點快感，可是往往輸錢的時候，有幾個人不是怒氣沖沖地將不愉快的心情宣洩在家人或朋友身上，造成別人的困擾。想想這些人的行為不是無聊，那又是什麼呢？

不過談到無聊，寂寞恐怕也是無聊現代人的另一個特色吧！不知為什麼，現代人也是最怕寂寞的動物，總是害怕面對寂寞，也總是無法擺脫寂寞。其實消除寂寞最好的方法就是享受寂寞，享受一個人無拘無束的感覺，做自己想做的事，聽自己喜歡聽的音樂，或是看看自己曾經未看完的書，學一些自己想學的東西。人的一生中有多少時間，能真正讓我們什麼事也不做，什麼事也不必煩惱嗎？對非洲孤苦無依的難民與幼童來說，無聊與寂寞恐怕是人生一種難得的幸福吧！人生有太多的時候，受限於環境、命運的捉弄，自己是無法掌握的，就像年少時忙於升學就業，中年時操心兒女，等到老年時，想好好自己做些事，卻又已經力不從心了。

其實當我們無聊或是寂寞時，何不好好享受一個人自由自在的感覺。沉思也好，做做白日夢也好，因為只有完完全全地體會無聊或是寂寞的滋味後，我們才會珍惜朋友相聚的溫暖，進而體會出人世間的多變化。像唐朝詩人王維，就是一個能享受寂寞的人，一個人在深林裡，彈琴、高歌，我想人生能有這樣的閑情雅致，這又何嘗不是人生的一種幸福與享受？

獨坐悠篁裡，彈琴復長嘯；深林人不知，明月來相照。

～〈竹里館〉，王維

所以當我們與朋友家人相聚時，好好珍惜那一份得來不易的相聚時光，更不須為了一些小事互相爭執傷了和氣，只要能多一份心去體會人生相聚的不易，就能多一份喜悅去面對您的親人、朋友。人生其實可以很簡單，很輕鬆地度過，所謂「春有百花秋有月，夏有涼風冬有雪，若無閒事掛心頭，便是人間好時節。」只怕我們都爭太多，計較太多，想太多，所以總是「庸人自擾」，那麼人生就算不無聊寂寞，恐怕也很難吧！

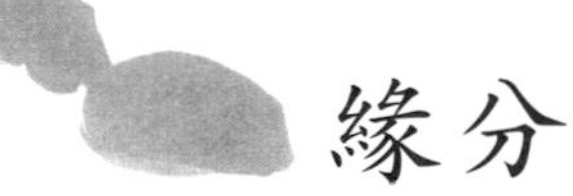

緣分

人生得意須盡歡，富貴榮華總是空

前一陣子讀到杜甫〈贈衛八處士〉的詩，甚為感動，詩是這樣寫的：

人生不相見，動如參與商；今夕復何夕，共此燈燭光。少壯能幾時，鬢髮各已蒼；訪舊半為鬼，驚呼熱中腸。焉知二十載，重上君子堂；昔別君未婚，兒女忽成行。怡然敬父執，問我來何方；問答未及已，驅兒羅酒漿。夜雨剪春韭，新炊間黃粱；主稱會面難，一舉累十觴。十觴亦不醉，感子故意長；明日隔山岳，世事兩茫茫。

其實很早就讀過這首詩，或許當年太年輕，未能有所體會，如今年紀稍長，再次讀它，頗有另一種不同感受。人世間的聚散，似乎都靠著一個「緣」字，有時候我們真的無法解釋，是什麼力量把我們和朋友相聚在一起，讓彼此相識？可是走到人潮洶湧的大馬路上，往往你也會心寒，竟然沒有一個人是認識的，就算你笑著與陌生人點點頭，除了少數的樂天份子或天真無邪的小孩會回應你，對你笑一笑，大多數的人都是避之猶恐不及，以為你有什麼特殊的目的吧！所以人生在世，能逢知己，交幾個知心的朋友，實在是一件難得而又幸福的事。正如歐陽修有一次獨自到洛陽城東郊遊玩，飲酒賞花時，卻感慨人間的聚散離合，是多麼地難以掌握，明年就算花更好，可惜我們永遠也無法預料，又會與誰一同來欣賞呢？

把酒祝東風，且共從容，垂楊紫陌洛城東，
總是當時攜手處，遊遍芳叢。
聚惜苦匆匆，此恨無窮，今年花勝去年紅，
可惜明年花更好，知與誰同？

～〈浪淘沙〉，歐陽修

所以，有緣千里來相會，無緣見面不相識，緣分既然是那麼難求，當與朋友有緣時，一定要好好珍惜在一起的緣分。畢竟「緣」是無法掌握的，只有好好珍惜今日與人相聚的緣分，好好待自己的親人，自己所愛之人，所愛之物，否則「明日隔山岳，世事兩茫茫」，再悔恨都為時已晚。就像蘇軾悼念亡妻一樣，人生的聚散分離總是出乎意料的，等到失去親人朋友後，再多悔恨與無奈都於事無補。

十年生死兩茫茫，不思量，自難忘。
千里孤墳，無處話淒涼。
縱使相逢應不識，塵滿面，鬢如霜。
夜來幽夢忽還鄉，小軒窗，正梳妝。
相顧無言，惟有淚千行。
料得年年腸斷處，明月夜，短松崗。

～〈江城子〉，蘇軾

不過有時候，人生也是很短暫的，也要好好地把握人生，享受人生。遇到知心好友，也應該好好把握相聚時的緣分，或許能像大詩人李白將千金裘換美酒，只為與朋友，豪放開懷的暢飲一番。

君不見黃河之水天上來，奔流到海不復回？
君不見高堂明鏡悲白髮，朝如青絲暮成雪？
人生得意須盡歡，莫使金樽空對月。
天生我材必有用，千金散盡還復來。
烹羊宰牛且為樂，會須一飲三百杯。
岑夫子，丹丘生，將進酒，杯莫停。
與君歌一曲，請君為我傾耳聽。
鐘鼓饌玉不足貴，但願長醉不願醒。
古來聖賢皆寂寞，惟有飲者留其名。
陳王昔時宴平樂，斗酒十千恣讙謔，
主人何為言小錢？徑須沽取對君酌。
五花馬，千金裘，呼兒將出換美酒，與爾同銷萬古愁。

～〈將進酒〉，李白

人生，緣起緣滅，富貴榮華，雖然不是我們所能掌握的，可是懂得把握人生，享受人生，隨緣惜緣，看淡金錢與名利，那麼人生絕對是美麗與喜樂的！

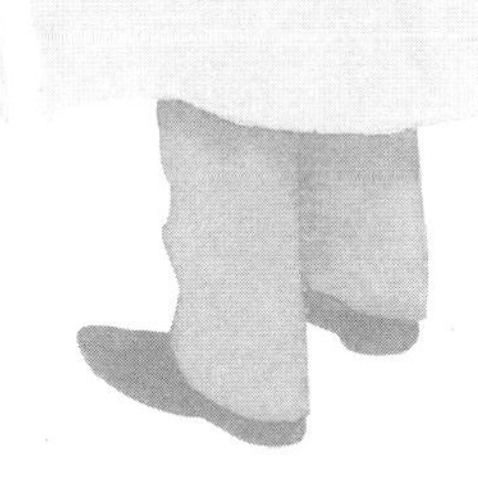

夕陽

Life is short，人生應當好好把握！

●●●●●

記得從高中時代開始，我就喜歡慢跑，因為那時候每天要應付一大堆的功課，實在沒有太多的時間去運動，但是不運動似乎又覺得全身虛弱缺乏精神，於是一有空便利用時間慢跑，一來因為慢跑不會用掉太多的時間，二來慢跑也是一種很有效率的全身運動。後來到了美國後也就一直保持了這個習慣，尤其在夕陽西下時，到美麗的湖邊慢跑，欣賞一下湖邊風光，也是人生一大享受。

最喜歡去的是住家附近的一個人造小湖，湖的旁邊有一座小山丘，每次慢跑完後，總喜歡獨自坐在湖邊欣賞落日餘暉。雖然「夕陽無限好，只是近黃昏」總會給人幾許惆悵，但我喜歡夕陽的美，不僅僅是那變化多端的彩霞，最讓我迷戀的還是那大自然的永恆與神秘，有時望著那火紅紅的太陽，覺得太陽是生命的泉源，我們永遠少不了它，有時也在想，太陽為什麼都不會熄滅呢？為什麼它擁有那麼多的能量？而這些能量又是從何而來的呢？

根據科學家們的研究發現，太陽的能量來自太陽內部的核心部分，其核心溫度極高，壓力極大，溫度高達約一千五百萬K、壓力將近兩千五百億大氣壓，其組成「氣體」，是一種高密度的氣體離子，一般把它叫做電漿，它的密度至少有水的一百五十倍以上。靠著核心內部的熱核反應（每四個氫原子核結合成一個氦原子核），釋放出巨大的能量。據估計，這一熱融核反應的過程足足可以進行一百億年。目前太陽的成分中，氫佔了大約百本之七十五的質量，而氦則佔了約百分之二十五，在太陽核心中的氫正逐漸轉變成氦，但這種轉變十分緩慢。科學家也發現，目前太陽大概已有五十億年的年紀了，從最初生成的狀態到現在其實已耗盡大約一半的核心氫氣，這表示它大概還能再維持五十億年的穩定，最後當核心氫氣融合殆盡，進一步引發氦融合反應，最後就會急速膨脹成紅巨星、吞噬地球甚至火星，然後演變成行星狀星雲與白矮星，在太空中逐漸冷卻、黯淡，成為黑矮星。

看到上面這些數字與科學研究，沒有一個人不會讚嘆造物者的神奇，讓這樣一個巨大星體擺在太陽系當中，不多也不少的距離，使地球上所有生命都仰賴著它，接受它的溫暖與照顧。如果沒有太陽，或太陽的溫度起了一點點改變與變化，那麼地球不是熱得像一團火球，

就是變成南極冰凍的冰山一樣。但大自然的這種神奇，難道只是一種巧合嗎？還是冥冥之中有一種神奇的力量在掌握著這一切。哲學家尼采認為：「太陽再偉大，也是因為有一個地球存在，人們都需要它，如果沒有地球，那麼太陽的光明又有什麼用呢？」當然這種想法是以「人生存在」的觀點來看事物的，雖有一點過於主觀，然而人生不是為己而活那又是什麼呢？能像孔子、釋迦牟尼、蘇格拉底、耶穌，這樣為求真理、為追求全人類或後代子孫福祉的人，恐怕是少之又少了！人生雖不長，但是否也該想想，人生難道只是為了吃得飽、睡得好而已嗎？那又為什麼這麼多富貴人家、名人顯貴之士常常鬱鬱寡歡，找不到真正的快樂？反而有時走到鄉間，會看到一位挑著扁擔的老農夫，用滿足的心情輕鬆地走在田埂上，用充滿著歡喜的微笑向您點頭問好。可是走在人潮洶湧的台北車站、西門町，往往找不到一點這種人生豐富與滿足的感覺。或許忙亂與快速的生活步調，都干擾了我們的心情，讓我們對生活失去了笑容與活力，然而人生如此，還有什麼比這樣更可惜的呢？

也許太陽會有燃燒殆盡的時候，只是人類生命太短暫，永遠等不到那一天吧！面對像太陽這樣長的壽命，人生即使有百年光景，也只不過是一瞬間的感覺罷了！所以西方人常說「Life is short！」在人生這麼短暫的過程當中，生死只不過是朝夕之間，而人世間的是非成敗更是「轉頭便成空」，什麼也帶不走的，只有好好把握當下所擁有的一切，好好待自己的家人，珍惜與朋友相聚的緣分，否則生命就會像那美麗的夕陽，轉眼間便消失得無影無蹤了！

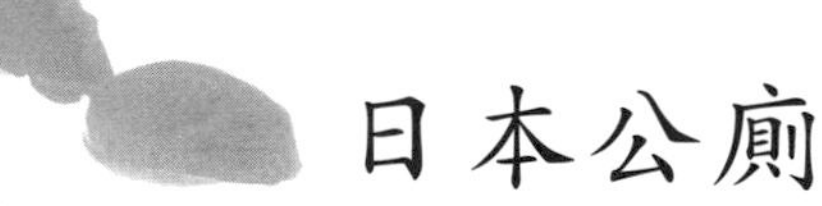

日本公廁

知書達禮，是實踐人生價值的基礎

●●●●●

記得剛去美國讀書時，看見老美開車，不急不徐、安分守規矩的情況，相當訝異。大家開車停車，除了會互相禮讓之外，就連在大馬路上也幾乎很少有人會亂按喇叭，非常守秩序，和台灣比起來，真是天壤之別。在台灣開車，可以說是活受罪，而在美國開車，才是一種享受。有時想想一個國家的強弱與否，端看此國人民是否守法，便能知曉。或許有人會說這是東方人與西方人環境與文化差異的緣故，可是同樣是東方的日本、新加坡，他們人民守法的程度就比台灣進步許多。

有一次因公赴日本出差，公司派我與同事到東京參加商品展覽會。有一天走在路上時，我因為臨時肚子不舒服，急著想上廁所，後來日本同事就近帶我轉了一個路口找到了一間廁所。因為裡面非常乾淨，完全沒有什麼奇怪難聞的氣味，我心想應該是私人飯店或餐廳附設的廁所，後來同事才告訴我，這只不過是一個路旁的公共廁所而已。不禁讓我自覺慚愧，日本人的進步，就連大馬路邊的公共廁所都如此衛生乾淨。

其實守法必須從小做起，並從日常生活教育中實踐。在美國讀書時，也常去逛一些藝品店，有一次看到一位美國年輕的媽媽帶著一位小男孩，小男孩似乎很喜歡架上的小玩具，正想動手去摸，可是那位年輕的媽媽馬上以嚴厲的口吻警告小男孩說：「Don't touch, just look!」小男孩也因為媽媽的嚇阻，氣得哇哇大哭。雖說那只不過是一個展示品，本來就是給客人觀看試用的，摸摸也無妨，可是那位年輕的媽媽，卻即時阻止了小男孩的行為，告訴他不可亂摸，因為那不是我們的東西，這種適時的機會教育，對小孩的影響是很深遠的。然而看看台灣人的父母對小孩子的行為管教方式，就比較不懂得把握所謂的「機會教育」。孩子在外犯了錯，父母總是認為家醜不外揚，喜歡大事化小，小事化無，再不然就是一切回家再說。然而對小孩子而言，要讓他了解錯誤，就必須要讓他即時面對錯誤，當下糾正，否則事過境遷了，孩子對是非過錯的觀念就不清楚了。

雖然，守法的觀念必須從小教育，而法律也是比較嚴謹的，需要有明確的條文敘述，可是守法的基礎就是中國人講的「禮」，為人父母者，應該從小就灌輸小孩子了解人群社會的禮儀。其實古人說「知書達禮」，讀書最大的目的是在於修養個性，讓人通達事理，做事情合情合理，待人接物才能守禮重義，追求圓滿和諧，那麼法律就只是形式上的東西了。可惜現代人對「禮」的概念，往往是毫不在乎的，大家總認為二十一世紀，是個人主義高張的年代，大家要爭自由，講權力，可是卻把那些做人應有的個人道德、基本禮儀拋諸腦後，那麼法律就成為被動約束行為的產物，可是社會愈進步，強盜殺人、擄人索等事件在社會上卻層出不窮，這是身為現代人最可悲的地方，有錢但沒有品，有學識但沒有禮。

至聖先師孔子曾說：「智者不惑，仁者不憂，勇者不懼。」其實智仁勇就是人生「知書達禮」的最高境界，更是實踐人生價值的一條康莊大道。有智慧的人生，懂得人生的目標與價值，知道自己的使命，放棄個人的物質利益追求，所以面對一般人的邪知邪說、小利小義，自然能夠不為其所迷惑。人生能夠不惑，選擇明確的目標，那麼人生的價值才能呈現。有仁心的人，對人生的成功失敗，得失，能夠看得開，所以不會憂慮，知道一切盡人事聽天命，不強取與強求，所以懂得順應時勢。即使不得志，也能縱情於山水，獨善其身，不虛度人生，所以不會庸人自擾，懂得把握人生，然後推己及人。有勇氣的人，面對人生的艱苦困難，能夠勇往直前，毫不退縮。面對世事變化，自然能夠臨危不亂，有勇有謀，所以能夠開創全新的格局。

人生要創造價值，其實不難，中國人幾千年前的先聖哲人早就告訴了我們方法，只不過，多數的人看不到人生的價值何在，那麼就會像瞎子想要尋寶一樣，人生最後往往是白忙一場罷了！

筆記本與圖書館

對人生而言，過程比結果重要

●●●●●

上電腦課時，學生問我：「什麼是電腦的RAM，它和 ROM 有什麼不同呢？」雖然我知道課本上已經寫得很明白，所謂的RAM是英文Random Access Memory的縮寫，翻成中文就是「隨機存取記憶體」，而ROM則是Read Only Memory，是「唯讀記憶體」的意思。不過為了讓同學進一步了解之間的差異，我舉了一個筆記本與圖書館的例子：電腦的RAM就像記事本一樣，需要緊急記錄一下臨時的電話號碼或簡單的資料時，我們便可隨手寫在筆記本上，等到需要時，可隨時翻開查閱，非常方便。而電腦的ROM就像圖書館裡的各種書籍一樣，記事本找不到的就必須去圖書館查閱了。然而筆記本上的資料，我們可以塗塗改改；但圖書館裡的書都是印刷好的資料，除了閱讀與Copy之外，我們是沒有辦法去修改的。

談到筆記本與圖書館，我對學生也提出了一些不一樣的思考與看法，並且鼓勵大家多多運用這兩樣東西。畢竟，現在的學生很多事情求快速與方便，都不再使用筆記本來寫東西，更少到圖書館去看書找資料，這是很可惜的。網路資源雖然豐富，查詢資料也非常方便與迅速，然而圖書館與筆記本對我們人生求學，卻有著不一樣的影響力。

圖書館可以營造一種讀書的氣氛，就像筆記本可以記錄生活中的點點滴滴，然而這兩樣東西都可增加我們的生活趣味，讓生活的經驗可以細嚼慢嚥。對很多事情來說，或許結果比過程還重要，然而對人生來說，過程比結果還重要很多。就像吃一塊美味的起司蛋糕，我們絕對不會一口就把它給吞了！只有當我們一口一口的細細咀嚼，深深地吸上一口奶油的香氣，才會享受到吃起司蛋糕的樂趣。否則吃一塊蛋糕與吃一塊乾澀的地瓜又有何差別呢？

考大學的時候，曾經在台北待過一段時間，那時候最常去的地方，就是位在中正紀念堂對面的國家圖書館，這是目前台灣藏書量最多的圖書館之一。對當時一個二十來歲的年輕人來說，能夠在那裡唸點書、聞一聞裡面書香的氣味，我覺得自己真是個幸福的人。那段日子，最快樂的事就是可以隨手翻看各類書籍，天文地理、哲學、科學，許多書雖然我不見得都能看完，可是隨手拿起一本書，看看它泛黃的書頁，我就可以感覺出這本書的份量與價值。即使沒有時間多看一會，可是那種觸摸的感覺，至今都無法忘記。我想這是一種真實的體驗與過程，讓人可以思考、可以想像、可以觸碰、可以回味，可是如今在網路與電腦上，就完全沒有這種感覺。

電腦所創造出來的世界，已經到了令人瞠目結舌的地步，但往往只有平面的感覺，無法產生一種真實的立體感，更不用說有什麼觸覺與味道了。我想在電腦裡看到蒙

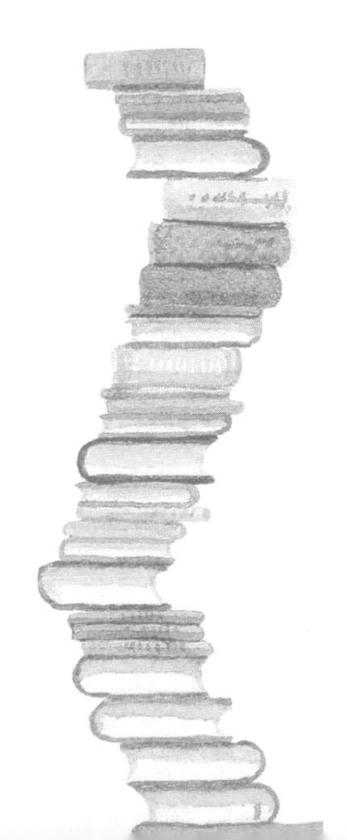

古草原照片，和親自徜徉在一望無際的綠色大草原的感覺，絕對是有天壤之別的。然而現代人卻有種迷思，企圖在虛擬的電腦與網路中建構一個真實的世界，這種狂妄和中國古時候的夸父追日幾乎是一樣的無知吧！

電腦世界的單調與刻板相信每個人都感受得到。就像進入一個網站，發現其內容千篇一律，從不更新，你也會對這樣的網頁失去興趣的。就像搭飛機時，即使知道飛機上有各種娛樂器材，有電影可看，有音樂可聽，可是有時候，當窗外出現夕陽西下的美景時，我們絕對不能不轉頭看一下，或是看看那縮小的城市與島嶼，幻想著騰雲駕霧的樂趣。否則坐飛機，擠在擁擠的座艙，看著重播的電影，與坐火車、或走在路上，也沒什麼差別吧！

人生存在的價值絕對要靠自己去體驗與創造，只有順其自然，重視過程，在生活中充滿好奇與學習的心情，如此才能創造真正屬於自己的人生。

廣 告 回 信
臺灣北區郵政管理局登記證
北 台 字 第 8719 號
免 貼 郵 票

106-□□
台北市新生南路3段88號5樓之6

揚智文化事業股份有限公司　　收

□□□-□□
地址：　　市縣　　鄉鎮市區　　路街　段　巷　弄　號　樓
姓名：

L1107

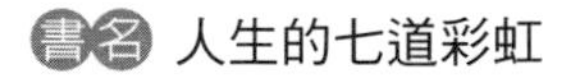

人生的七道彩虹

葉子出版股份有限公司

讀・者・回・函

感謝您購買本公司出版的書籍。
爲了更接近讀者的想法，出版您想閱讀的書籍，在此需要勞駕您詳細爲我們填寫回函，您的一份心力，將使我們更加努力！！

1.姓名：__________
2.性別：□男 □女
3.生日／年齡：西元_____ 年____月 ____ 日___歲
4.教育程度：□高中職以下 □專科及大學 □碩士 □博士以上
5.職業別：□學生□服務業□軍警□公教□資訊□傳播□金融□貿易
□製造生產□家管□其他_________
6.購書方式／地點名稱：□書店_____□量販店_____□網路_____□郵購_____
□書展______□其他____
7.如何得知此出版訊息：□媒體_____□書訊_____□書店_____□其他_____
8.購買原因：□喜歡作者□對書籍內容感興趣□生活或工作需要□其他
9.書籍編排：□專業水準□賞心悅目□設計普通□有待加強
10.書籍封面：□非常出色□平凡普通□毫不起眼
11. E－mail：______________________________
12喜歡哪一類型的書籍：______________________________
13.月收入：□兩萬到三萬□三到四萬□四到五萬□五萬以上□十萬以上
14.您認為本書定價：□過高□適當□便宜
15.希望本公司出版哪方面的書籍：______________________
16.本公司企劃的書籍分類裡，有哪些書系是您感到興趣的？
□忘憂草（身心靈）□愛麗絲（流行時尚）□紫薇（愛情）□三色堇（財經）
□ 銀杏（食譜健康）□風信子（旅遊文學）□向日葵（青少年）
17.您的寶貴意見：

____

☆填寫完畢後，可直接寄回（免貼郵票）。
我們將不定期寄發新書資訊，並優先通知您
其他優惠活動，再次感謝您！！

根

以讀者爲其根本

莖

用生活來做支撐

葉

引發思考或功用

獲取效益或趣味